旅欧行记

吴之育——著

九州出版社
JIUZHOUPRESS

图书在版编目（CIP）数据

旅欧行记 / 吴之育著. — 北京 : 九州出版社,
2023.10

ISBN 978-7-5225-2257-9

Ⅰ. ①旅… Ⅱ. ①吴… Ⅲ. ①游记—作品集—中国—当代 Ⅳ. ①I267.4

中国国家版本馆CIP数据核字(2023)第190777号

旅欧行记

作　　者　吴之育　著
责任编辑　云岩涛
出版发行　九州出版社
地　　址　北京市西城区阜外大街甲35号（100037）
发行电话　（010）68992190/3/5/6
网　　址　www. jiuzhoupress. com
印　　刷　北京四海锦诚印刷技术有限公司
开　　本　710毫米×1000毫米　16开
印　　张　16
字　　数　246千字
版　　次　2024年1月第1版
印　　次　2024年1月第1次印刷
书　　号　ISBN 978-7-5225-2257-9
定　　价　78.00元

目 录
CONTENTS

开篇

在万米高空观日出

2010年5月3日，我乘国航直飞航班去欧洲旅游。知情人说，若有眼福，能在万米高空观日出。知情人是以下人士的总称：两位常在欧洲工作的工作人员（其中一位是常在欧洲工作但已退休的旅游公司人士，我们称他为“欧洲通”）、导游等。导游有多位，一位是自始至终带着全团的总导游，是一名台湾同胞。我们到一国后还有一位常驻当地的导游。此次行程，总共有五六位导游，都会说汉语。

领登机牌时，我们提了个要求：请给靠窗的位置。工作人员微微一笑，不知给了没有；登机后找到位置，确实是靠窗的位置，谢谢，不知道是不是只有搭乘国航才有这好处。

班机于4日凌晨2：05分才起飞。空姐让大家吃点东西，喝点饮料，随后关了大灯，示意大家保持安静、休息。我将座位前的小电视调至显视班机飞行情况的频道，显示班机在11580米的高空，以780多千米的时速向北飞行，机舱外的温度是零下62℃~64℃。我推起舷窗挡板向窗外看，一片漆黑，不知自己身在何处。看了几次，终于看到一缕红霞从机翼下穿过去，使漆黑的天空留下一条金色丝带，丝带上方，是一片由浅渐深的蓝天。等了一阵，金色丝带变粗了，而且下面多了一条红丝带，蓝天范围也扩大了。又等了一阵子，太阳终于露了点脸，天空，真美！上部的天空，蓝得诱人，如果有此等色彩的绸缎，给女士们制旗袍或是连衣裙，肯定是世上最美的服装。

万米高空观日出

在地面上看日出，见到红光后一小会儿，就会见到太阳露脸。可是方才看日出，太阳露脸较慢，何故？座位后的朋友说，班机向北飞行不久就向西飞行，日出前几十分钟，班机向西飞行了很远，可能是这个缘故。我似懂非懂，云里雾里。读者，您知道这是何故吗？

高空的紫外线对皮肤（特别是对眼睛）的伤害比在地面高几倍，日出后，我便关好舷窗挡板，环顾舱内，前后和左边也有人在观日出，有人喜出望外，发出说笑声。旁边有乘客礼貌地示意有不少人在睡觉，请安静。是啊，9个多小时的飞行时间可不短，下飞机后就要去游览或去办事呢。

德国篇

罗马广场中心的正义女神铜像

正义女神像——认识欧洲的好开头

柏林时间2010年5月4日6点左右，班机在法兰克福机场降落。工作人员工作效率高，很快就给我们办妥入境手续。我们在飞机上已经用过早餐，出机场后，大巴就送我们到法兰克福市中心罗马广场观光。这里不是意大利，更不是罗马，这广场叫罗马广场是什么意思？

进入法兰克福市中心的罗马广场，首先夺人眼球的是一手握剑一手举持天平的正义女神铜像。

广场边是二战后重建的旧市政厅，古香古色，也是法兰克福的市标建筑。

有人问道："旅欧，既然是先去德国，不先至柏林，也不先至德国第二大城市科隆，而先到这只有66万人口的德国第五大城市法兰克福，何意？"导游没有回答。

笔者觉得先来法兰克福肯定是有原因的，那笔者就把此次旅行的前因后果详述出来，其中应该有先来法兰克福的原因。其实我早就想去欧洲旅游，曾经打电话向旅游公司咨询，也亲自到旅游公司问长问短，还请旅游公司的工作人员到我家来商谈。旅游公司说，去欧洲旅游的产品有11国14日游、8国15日游、6国12日游等，这些项目随意选购。可是我看了看，总觉得都不适合我们。一来二往，我倒是认识了几位旅游公司的顾客，成了熟人，其中有一位，刚退休，退休前常去欧洲出差，有时在欧洲一待就是一个来月。有一天我正好又在旅游公司碰到他，他也在咨询欧洲游。我问他为何还要去欧洲旅游。他说是老伴要去，要他陪着。去，肯定不虚此行，反正有不少地方还没有去过，去过的地方，再去逛逛，也有意思，反正是旅游，心情愉悦，没有出差那种心理负担。熟人希望去北欧看看，他还没有去过北欧。随后，他问我，到底想要什么样的旅欧产品。

我的要求其实就两个：一是要适合老年人，否则，万一跟不上团队，给团队、导游增加麻烦不说，还怕累得坚持不下去；二是想去一次就至少能到希腊、罗马、佛罗伦萨、威尼斯、维也纳、日内瓦、巴黎、伦敦、柏林、莱茵河、多瑙河、铁力士山等地方去。

熟人说，第一个条件能满足，刚才这里的工作人员说，他们公司正好有老年团，就是第二个条件，可能很难满足，明后年不知道会不会有。去一次能游览到其中一半，就很不错了。

这番话促使我买下老年团“中欧15日深度游”产品。该产品有两条路线：一条是首先到罗马，最后到德国的法兰克福；另一条是首先到法兰克福，最后到罗马。选哪条好？

熟人说，萝卜白菜，各有所爱，若是他来选，肯定先到法兰克福，因为认识欧洲要从认识法兰克福开始，要开一个好头。你们不是答应给一网站写游记么，以正义女神铜像为起点，不就是一个好的开头么？

我还是不理解为什么要以法兰克福为起点，便请他详细说明一下。熟人对欧洲知之甚多，且又健谈，于是便谈到这些内容。

日耳曼长城遗址复原

兵营洗澡池

公元前后两三百年，古罗马帝国最强盛时，地中海成为其内海；西北边，古罗马军队曾到达今天德国的易北河。古罗马人认为北边来的人是“野蛮人”，是“蛮族”。西北边有日耳曼人，东北边有斯拉夫人、匈奴人等。古罗马人受到日耳曼等的强烈抵抗和有力反击后，改进攻为防守，退守在今日的法兰克福、海德堡、雷根斯堡一带，并将那一带的兵营用城墙连起来，形成从莱茵河畔的科布伦茨至雷根斯堡多瑙河长达500多千米的界墙，称“日耳曼长城”，类似我国的长城。这样，东边有多瑙河，西边有莱茵河，两河中间有日耳曼长城，可以阻挡来自北方的袭击。

日耳曼长城有近两千年的历史，颓垣断壁，多埋在地下。前几年决定开发为旅游专线，有的地方经挖掘复原，已对外开放，值得去看。

古罗马帝国在公元3世纪开始衰落，不久就分裂为东、西罗马帝国。分裂后，更难以抵御外族的进攻，5世纪下叶，西罗马便灭亡了。当时，日耳曼人中最强大的部落是法兰克族。法兰克人曾是西罗马人的同盟军，西罗马帝国四分五裂后，法兰克人在莱茵河一带，建立起法兰克王国。发展到七八世纪时，法兰克王国也分崩离析，查理马德继位后，国家得到振兴，王国大有扩展。

法兰克福所在地，在公元一二百年时，仅是古罗马人驻兵的兵营，日耳曼长城从那儿经过，那儿没有什么城市，当然，当时也不叫法兰克福。随着西罗马帝国的灭亡，兵营已圮毁、荒芜。到8世纪时，那一带人烟稀少，常有野兽出没。传说，查理在那一带打了败仗，退到美因河（莱茵河的支流）边，找不到向导，不知何处能过河。危急时分，忽然看见一头母鹿正在涉水过河，忙下令跟着母鹿，随即转危为安。于是，查理就将此处命名为“法兰克福”，即“法兰克人的渡口”之意，他还下令在此处建城以作纪念，此城名就叫“法兰克福”。

有人以为法兰克福是古罗马人建的，因为法兰克福市旧市政厅前面的广场，叫罗马广场。有人认为法兰克福是法兰克人或者说是日耳曼人建的，但受到罗马文化的影响很大，比如说，查理大帝就接受了罗马教皇皇冕，称罗马皇帝。查理大帝说，罗马传统对于9世纪的人们，依旧有着极大的影响。还有学者说，法兰克福是由蛮族和古罗马帝国臣民混合产生的罗马-日耳曼帝国建的。

我从史书上查知，法兰克福始建于公元794年。

8世纪末，查理大帝以法兰克福为行都，迅速扩大地盘。至9世纪初，整个欧洲，除东欧的部分地区，绝大部分都是查理曼帝国的领土。9世纪中叶，查理曼帝国被查理大帝的三个孙子三分为西、中、东法兰克王国，西法兰克王国在今法国一带，中者在今意大利一带，东者在今德国一带。可以说，这为之后的德、法、意三个封建王国的形成和建立，开了个头。

法兰克福大教堂（又称皇帝教堂）

法兰克福在东法兰克王国境内（即后来的德国境内），在形成、建立德意志封建帝国的过程中，甚至到17、18世纪德国向资本主义民主制进化的过程中，法兰克福都发挥了重要作用。东法兰克王国的首任皇帝在法兰克福产生。有人说，其加冕仪式就是在罗马广场举行的。后来规定，皇帝加冕仪式都在法兰克福大教堂举行。如今，那座教堂里，还陈列有举行加冕仪式的实物。

法兰克福是法兰克王国、查理曼帝国的政治中心，又是东法兰克王国（后来是德国）的政治中心。1816—1866年，其还是德国邦联议会所在地。1848年，德国各邦在法兰克福组成国民议会，讨论德国统一问题。法兰克福是查理曼帝国的政治中心，甚至可以说，是当时欧洲的政治中心。所以说，认识欧洲从认识法兰克福开始，是非常必要的。

熟人还说，二战时，法兰克福80%的建筑都被炸成废墟，包括罗马广场、四周的建筑乃至大文豪歌德的房子等。法兰克福是德国古老

法兰克福夜景

的城市之一。二战后，德国人，特别是法兰克福人，精心地按照主要古建筑的原样重建，并且以惊人的速度和质量，建设得既传统又现代。如今的法兰克福有现代的水陆空交通网，是德国的交通枢纽中心；法兰克福机场是德国甚至是欧洲最繁忙的机场；法兰克福拥有很现代的高层建筑（如金融大楼），是德国甚至欧盟的金融中心，是世界第三大证券交易中心，被誉为德国的“曼哈顿”，许多国家、地区都有银行设在法兰克福，那里有400多家银行；法兰克福的工商业也很发达；此外，这里还是世界会议中心，每年有不少世界性会议在那里举行。

熟人的介绍让我坚定了欧洲之行从法兰克福开始，但是很遗憾，我们这次的法兰克福之行，参观的时间太少了，实在是感受有限。罗马广场一带，导游只是带我们走马观花看了一下，然后就催大家上车，因为行程安排得比较满。

法兰克福是大文豪歌德的家乡，到了这里，怎么能不参观歌德的故居？

我想起年少时，曾向大几岁的同学借来歌德的《少年维特之烦恼》阅读，看到维特自杀处，曾问同学，绿蒂用什么、凭什么勾去维特的魂，使维特烦恼、苦恼得必须自杀。同学哈哈一笑，说，找绿蒂或找个像绿蒂的人问去。

上哪儿去找呢？

去歌德的家乡！

如今我真的来了！

歌德故居是二战后法兰克福人从废墟中将原建筑的砖瓦碎片一一挑选出来，精心按原房模样重建的，用了整整7年时间才复原，室内的家具也照原样做，按原样摆放。故居第四层是歌德的房间，《少年维特之烦恼》就在此房间写成，如今，其书稿还陈列在此房内。

歌德故居

莱茵河——德国的父亲河

我们没有在罗马广场停留太久，因为导游催着我们到莱茵河畔吃午饭。也就是说，我们可在莱茵河畔多停留一些时间，多看看，很好！

大巴从两座不太高的山峰中间穿过去，前方公路两边的树木多起来。车向山下行驶一阵子，路边的树林中有别墅群闪现。有人说，可能要到莱茵河了。说时迟，那时快，大巴已在河边整洁的大马路上行驶了，路边树丛中，显现着各式各样的豪宅。大巴在离豪宅区不远的河边停下，车门一打开，我们即闻到清新的空气。我们看看河水，清澈见底，再看看两岸，山青林密。导游说，莱茵河这一带，因为交通较方便，旅游团多到这一带来，但，这一带的风景一般，并不是景致美如画的河段。

我们便问导游，午餐后乘游船，会看到美如画的河段吗？

导游回复说，看不到。

有人又问，会经过莱茵河的女儿罗蕾莱所在的地方吗？

导游还是回复，到不了。

团中有人问，罗蕾莱传说是什么意思？不过，没有人回答他的话。

莱茵河畔

导游招呼大家快跟着走，集体用餐。用餐处坐落在莱茵河边一个名叫玻珀的小镇，是一位台湾同胞开的餐馆。我们走进朝着路边打开的铁门，爬一段石阶，即到。地方小了点，全团近40人，虽然都坐下了，可有点挤，好在还算干净，特别是靠窗那两桌，一边吃饭，一边可观赏河上船只往来。如果赶上平时食客不多，坐在靠窗的桌子边用餐，斟上一杯莱茵河的名酒，想必会是一种雅致的体验吧！都说旅欧伙食欠佳，这第一顿正餐，看来还可以，或许是能在莱茵河畔用第一顿饭，我们觉得格外有意思之故？可能是心情好导致胃口好了。

河上的游船

离游船开船还有半个小时，有人到镇里去看看，有人在河边花园散步或观赏河上船只往来，或远眺对岸风景。

当地人倒是不多。导游解释，不是节假日，这种地方是很少有当地人的，小孩在学校，大人在单位，老人在家里。这时，去镇里观光的人回来了，他们说，小镇到处都很清洁、宁静。

等游船上的乘客全部下完后，我们登上此船，将要游览一个多小时。

从登船处附近的宾根至下游波恩这100多千米的河段，称为莱茵河“中游河谷”，两岸山峦重叠，河道曲折狭窄，水流急速，地势险要，山上多有古堡。两岸土质格外适宜种葡萄，山上有大片、大片很好看的葡萄园。这一带，自然景观和人文景观交融，是莱茵河风光最美的河段。这一地段，也是德国葡萄、葡萄酒最有名的产区。莱茵河两岸种植葡萄和酿造葡萄酒的技术，是公元前后一二百年，古罗马帝国统治这里的时期，由罗马人带来的。

两岸为什么有那么多城堡呢?

1320多千米长的莱茵河是南北交通大动脉，是航运最发达的河流。中世纪时期，贵族豪强、教会主教，各派割据，为了向莱茵河上的船只征收税金，蜂拥而至，占据险要，建造城堡，于是便有了今天俯瞰莱茵河的古堡建筑群。有人说，这些古堡也有抵御外敌入侵的作用。历史上，莱茵河常常是战场，莱茵河的水不知被鲜血染红过多少次。德、法为了争夺拥有丰富煤、铁矿资源的洛林和莱茵河边的阿尔萨斯地区，打来打去，不知打了多少仗。这个战争根源之一的问题，不知道解决了没有。有人说，煤和铁矿由多国参与的企业共同开发，现在没问题了。看来，只有合作共赢才是解决此类争端最有意义的做法。

欧洲现代化的过程中，莱茵河等许多河流，都遭到了污染，20世纪60年代，莱茵河连鱼都见不到了，至80年代，河水还是有毒的。最近一二十年，才整治好。如今，既肥又美的鲑鱼又多起来了，肉嫩、刺少、无腥，如有口福，说不定我们也能品尝到。

既然到了莱茵河上，就不得不提罗蕾莱巨岩和罗蕾莱传说。

传说，莱茵河畔有位年轻的绝色女郎罗蕾莱，中了魔，心不由己，以其迷人的容貌和歌声诱惑来往船夫，使他们忘记暗礁、流急，最终船毁人亡。按说，主教要判她死刑，但主教也被她的美貌所感动，只让骑士将她送到修道院去。经过莱茵河畔一巨岩，罗蕾莱请求让她再看一眼莱茵河，骑士不留神，罗蕾莱便从巨岩上跳入河中。骑士忙呼喊道："罗蕾莱！罗蕾莱！……"罗蕾莱消失了，只有"罗蕾莱"的呼喊声在莱茵河的上空、在巨岩的上空回荡。巨岩从此被称为"罗蕾莱巨岩"。

另有一种说法，莱茵河畔，有位美丽、善良的村姑罗蕾莱，与一位小伙相爱，那小伙子是富家子弟，可能是因为门不当、户不对，一去不复返。罗蕾莱很痛苦，常到附近河边的巨岩上远眺，一边梳着长长的金发，一边唱着忧伤动听的歌声，她心想，说不定能看到她的男友乘着船从那儿经过，男友能再看她一眼。一天，她见到下面过往船只上站着的人像是她的男友，可他没有看她一眼，她就往河中跳了下去……

还有一则说法，莱茵河畔一巨岩附近有个村庄，葡萄又多又好，那里的葡萄酿出来酒也格外香醇。常有外地小伙来品尝购买葡萄酒。有位名叫罗蕾莱的村姑，十分美丽善良，还有好歌喉。小伙们多爱慕她，罗蕾莱也爱上其中一位。一天，与罗蕾莱相爱的那位青年，家乡来船接他，要他马上回乡。罗蕾莱去送别，登上巨岩，看着男友的船远去。罗蕾莱痛不欲生，常登上巨岩眺望，一边梳

着金发，一边唱着忧伤但动听的歌声。没想到男友未盼回，反而让过往船夫仰头看她、听她唱歌，忘了有暗礁和急流，造成船毁人亡。于是，罗蕾莱更不想留在人间，从巨岩上跳入莱茵河中……实际上，罗蕾莱的男友早就因为打仗阵亡了。那年代，莱茵河一带，战争不断，无数小伙的生命被战争夺去，无数青年女子，失去丈夫、失去男友、失去兄弟。我们要诅咒战争的发动者，他们才是害人的妖魔。罗蕾莱虽然消失了，但人们从那巨岩下经过，仿佛会看到罗蕾莱的身影，会听到她忧伤而感人的歌声……

罗蕾莱巨岩

罗蕾莱的三则传说，还是我没出发时，旅游公司那个熟人讲给我听的。第一、二种说法，他是从德国诗人的诗中略有所知。第三种说法，他是大学时代听同学说的。

熟人还说，莱茵河有个品牌的葡萄酒，叫“罗蕾莱的眼泪”，是用罗蕾莱巨岩附近葡萄园里产的葡萄酿制的，到莱茵河时，如遇上，不妨品上一杯。

我问他，您喝过吗？

他回答，说不清。

我感到很迷茫，问他，这话怎么理解？

他说有一回在莱茵河这里用餐，服务员递给他一杯葡萄酒，说是“罗蕾莱的眼泪”，他喝了，可是没有感到与平常喝的有所不同。

我又问他，为什么说莱茵河是德国的父亲河？

他说，可能因为莱茵河地区是德意志民族和德国的发祥地吧。

不错，莱茵河，中、下游两岸，是法兰克王国兴起的地方，法兰克王国三分后，莱茵河两岸，仍然是德国的前身。

有人提醒说，若要方便一下，就赶快去，游船上有洗手间。下了游船就要驱车去马克思的故乡特里尔过夜，晚饭也在那里吃。

也正是他的提醒，打断了我对罗蕾莱的思绪。

游船码头至特里尔，有200多千米。好家伙，这一天真够赶的。

马克思的故乡——特里尔

大巴上高速公路不多一会儿，车上就响起了呼噜声。这一天真够累的。

公路两边绿化得很好，有的地段是茂密的树林。

特里尔位于德国西部略靠南的位置，已在边界附近，正对着卢森堡的东北角，可谓西欧心脏。早在古罗马帝国统治这里的两三千年前，这里就有人居住。据说市内有栋房子，墙上就有“先于罗马1300年”字样。古罗马统治者将这里建设为帝国西部的首府。史载，特里尔于公元前16年开始建城，是阿尔卑斯山以北第一个可以称之为“城市”的地方，是德国古老的城市之一。1984年，特里尔迎来它建城2000周年的伟大时刻。

特里尔只有10万人口。按人口说，是个小城市，但竟有12项世界文化遗产。

二战时，不知何故，特里尔没有受到破坏，它经历了2000多年的风风雨雨，依然风采依旧，漫漫历史长河也掩饰不住其昔日的辉煌。特里尔拥有古老宏伟的建筑以及珍贵的博物馆藏品，其还是德国现存古罗马时代遗迹最多的城市，比如历代罗马皇帝下令修建的豪华宫殿、大浴池、地下迷宫般的通道、各式各样的教堂、可以同时容纳两万名观众的圆形剧场和十几里长的城垣、罗马桥，等等。特里尔，堪称古建筑的博物馆。下图是古罗马时期的城门，因年代久远，被烟尘锈黑，特里尔人称之为“大黑门”。

大黑门

乘坐大巴到达特里尔市区，车速慢下来。导游一会儿告诉大家左窗外是何景，一会儿说右窗外是什么建筑。车窗玻璃很干净，透过车窗能拍到效果很好的相片。用于参观的时间如果有限，走马观花式的办法，不，或者干脆说乘大巴观景式的办法，也不失为一种好方法。我们透过车窗，可以看见特里尔的街道很整洁，除观光客外，几乎没有当地人。路上行驶的小汽车不少，都井然有序。导游首先带大家去参观马克思故居，特里尔是卡尔·马克思的故乡。1818年5月5日，马克思诞生在这座古城，其故居仍在，位于布吕肯大街10号，游人如织。

熟人当时给我介绍欧洲、介绍德国时，讲到了特里尔。当时，旅游公司一位工作人员凑过来说道："有位先生打算买旅欧产品，他问我们到特里尔参观什么，我告诉他那里有马克思的故居，您猜，他怎么回答？"

我和熟人皆摇头。

"他问，可以进去看吗？我告诉他不行。于是，那位打算买旅欧产品的先生就说，'现在还有谁会到那种地方参观，反正我不去'。"工作人员有些哭笑不得，继续说道，"有媒体报道过，经过民意调查，大家认为历史上的伟人对后代最有影响的人是马克思、爱因斯坦等。马克思纪念图书馆馆长与人合著的《马克思在伦敦》成了畅销书。美国各大院校申请读哲学的人数也越来越多了，马克思和孔子这些人的著作受到冷落多年，如今又骤然流行起来了。"

熟人点头表示赞同："是有这样的报道。"

旅游公司的工作人员继续问道："有人对马克思和他的故居不屑一顾，有的地方却又重新流行起来，该怎么理解这样的现象呢?"

熟人回复道："对马克思以及其故居不屑一顾者，只能说明他浅薄。这个世界上，什么样的人、什么样的观点都有，所以大千世界才丰富多彩、五颜六色。你们旅游公司多拿出几个产品，任消费者选购，每一产品都有相应的计划、相应的路线，就可以了，他自然会购买他所认可的。"

马克思故居

熟人没有再接着谈论这个话题，而是继续给我介绍特里尔。“城外环绕着青山绿水，山坡上有很多葡萄园，自然风景优美。特里尔所酿葡萄酒也很著名。我认为，种葡萄和酿葡萄酒的技术是在公元前后一二世纪时，由古罗马首先带到特里尔来的，然后才向西、北传播出去。特里尔有历史悠久且规模相当大的酒窖，其中不乏窖藏较久但价格并不太贵的好酒，到特里尔后，你不妨来一杯。”

我们于5月4日晚入住特里尔金色郁金香酒店。5号一早乘大巴经法国和瑞士去往德国第三大城市慕尼黑，于柏林时间5月9日下午抵达慕尼黑。

同团朋友在马克思故居门口留影

僧侣之地——慕尼黑

慕尼黑是德国巴伐利亚州的首府。9日中午，大巴从奥地利西北角边境进入巴伐利亚州西南角，驶向东边偏北的慕尼黑。欧盟各国，从这一国到另一国，车辆不必停下来，只要放慢速度通行即可。边境也有警察，一般情况，警察不过问。但在过境处，不可拍照。瑞士、奥地利的田园风光很美，进入巴伐利亚州境内，如诗似画的风光也映入眼帘，可以见到美如画的田园、大片大片黄得诱人的油菜地、绿得喜人的麦田或牧草场，还有由两三栋或五六七八栋房子组成的村落……可惜导游不让停留。

大巴向慕尼黑方向行驶，经过莱茵河上游、苏黎世湖东侧、博登湖东岸、维尔姆湖北岸以及多瑙河的几条支流。透过窗户，时不时能见到高矮不一的山体，那是阿尔卑斯山的北麓，有着绝美的植被和肥美的牧草，还有茂密的森林，山腰或山脚下的屋前屋后会有牛马或者羊群。一路上水光山色，使人陶醉。我们最终于18点左右到达慕尼黑。

田园风光

阿尔卑斯山下的牧场

慕尼黑在公元8世纪，还是不起眼的无名小镇，因有一个本笃会修道院，故谓之“僧侣之地”。慕尼黑的德语便是“僧侣之地”的意思。该市市徽上的图，就是一位修道士，被称为“慕尼黑之子”。

很久以前，在慕尼黑东边，也就是如今的奥地利的萨尔茨堡，其附近产食盐，盐商将盐运往慕尼黑西边的货物集散地奥格斯堡，需要途经慕尼黑附近的一个镇子，镇上有过河的桥梁。桥梁的掌控者是镇上的主教，教会会收取过桥税。后来那座桥被一把火烧了，当地在慕尼黑本笃会修道院附近的伊萨尔河上架起一座新桥，供盐商过河，过桥税由慕尼黑行政主管来收。12世纪，慕尼黑的行政主管与教会妥协，每年给教会一些税金，教会则承认慕尼黑有收税权、食盐贸易权。13世纪，慕尼黑成为巴伐利亚公国（后改为王国）的都城，历代国王建造或扩建的宫殿、城堡仍有遗留，至今不失昔日的辉煌。慕尼黑在当时便是德国南部的重要城市，如今更是德国主要的经济、文化、科技和交通

圣母教堂

中心之一，也是欧洲繁荣的城市之一，成为与巴黎和伦敦并列的欧洲三大高科技产业基地。慕尼黑城郊，除了拥有茂密的森林、大片的油菜地、大片的麦田和牧草场外，同时保留着原巴伐利亚王国都城的古朴风情，因此享有“百万人的村庄”称号。

10日一早，我们去慕尼黑市区观光。旧市政厅塔楼和其右边的圣母教堂，是这座城市的标志性建筑。

据说，圣母教堂的屋顶经过50年才以罗马式圆形顶的风格建成。也就是从那个时候起，罗马式圆屋顶的建筑在慕尼黑才多了起来。

旧市政厅

二战时，慕尼黑受到六七十次轰炸，建筑也受到严重破坏，有许多建筑成为废墟，如今所见到的旧市政厅等建筑，不知是战后复建的还是幸存的，导游没有明确告知。

旧市政厅塔楼上的组钟自古至今，吸引着无数游客。组钟的12个钟点，由12个骑士组成，从每天中午开始（夏天是17时开始），每到一个钟点，12个骑士就走马灯似的出来报时。一组1.4米高的彩塑人物，则围成圆圈跳舞，向人们展示德国历史上威廉五世公爵与雷塔娜·冯·洛特林小姐结婚的场面。这是旅游者游览慕尼黑的一个必不可少的项目。不过很遗憾，因要赶路，我们没到17点就离去了，没有赶上。

与外国朋友合影

我们打算以尖顶建筑为背景留影，有两位不知是哪国的朋友挡着取景，他们发现我们的意图后，表示歉意，连忙散开。我们示意没有关系，他们有点茫然，我两手一合，示意他们不需要散开，愿意的话，可以和我们一起合影。他们俩便友好、热情地走上来合影，拍完照后，愉快且礼貌地道别。我们一路过来，多次与不相识的人友好地合影留念。

德国人特别是慕尼黑人，爱喝啤酒，就像喝茶水一样，平均每人每年要喝230升，约一天要喝1斤多。慕尼黑享有“世界啤酒冠军”的称号。这里有一所慕尼黑啤酒大学，它专为各国培养酿造学硕士和学士。慕尼黑的啤酒节，很热闹，享誉世界，节日期间，全市到处都有喝啤酒的场面，用的酒杯之大，世所罕见。全球各地都有人来赶热闹，一连热闹一个来月。

我们在慕尼黑用于观光的时间真是太少了，十分不舍。告别慕尼黑后，我们驱车前往奥地利萨尔茨堡。

德国，再见！

告别慕尼黑，我们也即将与德国告别。如果将德国总体作为百分之一百，我们到过的地方，充其量顶多是百分之六七十。到过的地方虽然有一定的代表性，但由于参观的时间不足，所以感受肤浅。只能说一些粗浅观感。

德国在水利建设和管理上，较先进，且有特色。欧洲第二、三大河，即莱茵河和多瑙河，都从德国境内流过，莱茵河通过多条运河与塞纳河、罗纳河、易北河等河流相通，特别是德国从莱茵河支流美因河，开凿一条运河与多瑙河连接，使两条大河相通，意义重大。加上配套工程（下文“奥地利篇”多瑙河一节中会讲到配套工程），形成四通八达的水上航运网，几乎覆盖了整个欧洲最重要的工商业地区。水上航运网覆盖的地方，一定吨位的船只，只要在航运网中，不论从哪儿起航，都能到达海洋。西，可从莱茵河出海，到达北海、大西洋，当然也能到达伦敦；东，通过多瑙河到达黑海；南，通过罗纳河等到达地中海。德国计划在易北河与波罗的海之间也要开凿一条运河，那时，向北，通过易北河与运河可到达波罗的海。德国不仅水运四通八达，而且水清鱼肥，水力资源也得到充分利用。虽说是有关国家合力治理的，但德国起着决定性作用。

多瑙河上游主要是在德国境内，穿行于山地高原之间，地形崎岖，坡陡谷深，水流湍急，总落差300多米，水力资源丰富。德国在上游河段规划20多级，为装机容量几千至几万千瓦的中小型水电站，共计装机容量30多万kW，年发电量20多亿kW·h。据说，可供巴伐利亚人用半年多。现已建成20级。除德国境内上游18级是单纯发电工程外，其余的是航电结合的综合利用工程，都要建双线船闸，来往船只可同时通行。

美因—多瑙运河

德国交通业的建设和管理也先进。比如法兰克福水、陆、空交通网的建设和管理就很值得借鉴。航站楼下面是轻轨电车站，长途汽车站在机场旁边，公交车站也在机场门口，机场门口，出租车可以招手即来，机场还有专车送客人去火车总站，10分钟发一次车，一人1欧元，10分钟送到。航站楼下面的轻轨电车站与火车总站有别，火车总站可乘坐至欧洲各国各大城市的火车，车次多，速度快，一票易得，也舒适。航站楼分1号和2号楼，两楼距离较远，两楼用高架轻轨电车连接起来，供乘客免费使用。

机场送旅客去火车总站的专用车

高速公路，节假日，货车不可上路，如上路或者超载，监控会很快发现，一发现就走不了，除罚款外，还要卸下超重货物或人数，方可上路。司机酒精超标，要罚款，违规一定次数，不可再开车，严重者要下岗，这种下岗者再找工作，很难。司机，每开两个小时，要休息45分钟才能再开，每天只能开8个小时，连续开12天，要休息一天。如此种种，车载电脑里都有记录，管理此车和司机的总部，都能及时了解。司机要维护好车况，玻璃要擦亮，停车要考虑到客人上下车安全方便……

有人说，德国民众觉悟真高。有位青年说，不能简单认为那里的人素质好、觉悟高，根本的原因是城市管理科学严谨，执法执规严明，赏罚公正，素质高是社会环境培育使然。我觉得青年说得对！说得好！

德国科技水平高，建设能力强，二战后复建速度极快、质量很高，令人佩服。

德国有领导，因希特勒发动战争，向世人表示谢罪，这也值得肯定。本来希特勒发动侵略战争，给世界许多国家、地区造成重大损害，这是历史事实。对历史事实都不敢承认、不肯认罪的国家及其领导谁还会信任？

有人说，现在有不少德国人有与世无争的心态。合理的、应争取的也不争？

媒体报道，有些德国人只喜欢中国不好的报道，不喜欢说中国好的报道。为迎合这种心理，媒体也多报道中国这不好、那不好。也有德国人指出这样做不对。比如作家伯恩哈德·甘特尔在《慕尼黑信使报》上以《必须公平地对待中国》为题，发表文章说："鉴于西方媒体的宣传报道，我的许多德国同胞对中国的了解是错误的。必须记得，身处西方国家的我们，被报纸和电视灌输了许许多多的政治谎言；它们蓄意歪曲和掩盖事实真相，有时甚至纯粹是在煽动和诽谤，而对中国取得的积极发展只字不提。"伯恩哈德·甘特尔还说："每个国家都有权独立发展。中国需要西方，而西方也需要中国。在这个世界上，我们需要朋友来取得共同的进步与发展。我们西方人应当学会公正地对待中国人，就像我们要求中国人公正一样。中国人民珍视并喜爱我们德国人，我们德国人应同样地对待他们。"

卢森堡篇

卢森堡要塞

我在“德国篇”第三小节末尾提到，5月5日一大早，我们离开特里尔，乘大巴经法国、瑞士等地去慕尼黑。确切地说，应该是经卢森堡、法国、瑞士等地去慕尼黑。当天早上，我们告别特里尔，大巴行驶一小会儿，就过国界，进入卢森堡。我坐在司机背后的位置，车窗很干净，能抓拍到一些美景。有时司机也会提前提醒我拍什么。

卢森堡是君主立宪制国家。于公元963年建国，国家元首称大公，卢森堡也称卢森堡大公国。大公亨利，2008年8月，以卢森堡国国家元首及国际奥委会委员身份，来华出席北京奥运会开幕式及相关活动。卢森堡国的国旗是红、白、蓝3色旗。

大公宫殿

卢森堡是位于法、德、比三国之间的小国。北部地势高，多山，南部地势低，较平坦，全国约有十分之七的面积被森林覆盖，到处是绿色，空气清新，是名副其实的“森林之国”。历史上，卢森堡常是战场，古堡多，有“千堡之国”的称谓。

如今，有些古堡所在处，已建为公园，森林中隐约现出古堡的尖顶，其清洁、幽静的环境，仿佛童话故事中公主或王子生活的地方，有一种既古老又现代的说不出的浪漫感。

卢森堡虽有“袖珍王国”之称，但经济高度发达。境内铁矿资源丰富，主要分布在南部古特兰平原的红土区，土质呈褐红色，含铁量高，被称为“红土国”。据说，在这地面上开车，因受地下磁铁矿的影响，有时方向盘也无法打准。卢森堡的钢铁工业，规模较大，技术先进。钢铁业和金融业、广播电视业为卢森堡经济的三大支柱。近年来，卢森堡年人均GDP约12.64万美元。人均收入和生活水平，是欧洲较高的国家之一。

历史上，卢森堡周边的大国，特别是德、法，都想吞并它，也都占领过这袖珍王国。卢森堡市位于卢森堡国南部，处于德法之间的要道，地势险要，历来是西欧重要的军事要塞，有“北方直布罗陀”之称。欧洲南边，地中海最西端直布罗陀海峡北岸的直布罗陀，是地中海的西大门，出了西大门，就是大西洋，直布罗陀是地中海以及南欧西部的军事要塞，是兵家必争之地。历史上，卢森堡曾被几个大国瓜分。卢森堡人奋起抗击，利用险要地势、岩石坚固等特点，建筑城堡抵御入侵者，特别是首都卢森堡市，曾有三道护城城墙、数十座坚固的城堡以及二三十千米长的地道和暗堡。地道，有的地段伸入地下几十米。这些牢固的城堡、地道和暗堡，是一流的建筑。有人说，中国长城是城堡文化地面建筑的杰出代表，这里，地道、暗堡和地面城堡融为一体的城堡，是城堡文化另一类建筑的代表，具有很高的观赏价值。联合国教科文组织也已于1995年将其列入“世界文化遗产名录”。

卢森堡城市景观

卢森堡境内较大的河流是叙尔河，其支流阿尔泽特河从卢森堡市穿城而过。市中心处于河谷地带，河谷两边，由100多条造型各异、大小不同的桥梁相连接，其中建于1930年的221米的阿道尔夫桥，大方美观，是城市标志性建筑，非常值得观赏。阿道尔夫桥有点像我国的赵州桥。一座城市，有如此一条宏伟、精美的大桥跨越市中心，站在桥上，将市中心尽收眼底，属实难得。

卢森堡市，古墙深巷，绿树成荫，鸟语花香，人居窗前，多有鲜艳芬芳的盆花。当地人，热情、礼貌、好客。不仅对本地人如此，对外籍人也这样，与西方其他大城市，风格有所不同，这也许是卢森堡市格外吸引各地游客的原因之一。据说，全市10多万人中，本地人只占五分之三。此地社会治安好，生活宁静。市内不少外国居民，以此为第二故乡，在这里工作和生活，久而久之，与当地人相处融洽，关系和睦。

卢森堡市被认为是宜居的现代化古城，是放松、休闲的好地方，也是全球投资环境比较好的城市之一。这里有来自比利时、德国、瑞士和其他国家地区的几千家大企业，有两百来家各地的银行在此经营，比如欧洲投资银行，还有中国工商银行。不少国际机构，如欧洲议会总秘书处、欧洲法院、欧洲金融基金会等都设在此处。

卢森堡英雄纪念碑和胜利女神像

卢森堡市宪法广场的英雄纪念碑，远远就能见到。该纪念碑建于1923年，是为了纪念一战中阵亡的3000名卢森堡士兵。据说，纪念碑二战时曾被德军毁坏，二战之后重建，因此就具有了双重的意义。高高的纪念碑上是胜利女神像，出自本地艺术家克劳斯之手。

我们的大巴离开卢森堡市后，向南行驶不多一会儿，车速慢下来，导游说快到国界了，过了国界，即将进入法国。

德国、卢森堡、法国、比利时、荷兰五国，于1985年6月在位于卢、比、德三国交界处只有四五百人口的卢森堡山村申根，签订了五国间人员、车辆过境免签、免查协议——《申根协议》。著名的《申根协议》让这座本来不为人知的宁静小村庄声名鹊起。申根产葡萄酒，且被评为莱茵河支流的上好葡萄酒。申根出名后，申根附近产的葡萄酒知名度更大了。

我觉得这条旅游线路的行程，可做如下修改：在特里尔不入住，赶到卢森堡过夜，在卢森堡游览，顺便品上一杯申根产的葡萄美酒。

法国篇

5日上午，大巴进入法国境后，恢复快速行进。导游说，我们要赶到巴黎用午餐。

过境时，我见到类似我国公路收费站的建筑，有几名警官在路边，其中有两位是女警官，未见到有收费员等其他人，应该是ETC计费形式。

进入法国境内，路边出现亚洲特别是我国常见的松树，我在卢森堡和德国境内，好像没有见到这种树。

法国位于欧洲西部，西北隔拉芒什（英吉利）海峡与英国相望。法国所在地的大部分地区，公元前是高卢人在此定居，至公元前1世纪，这里成为古罗马帝国的领土，并受罗马帝国统治达500年之久。西罗马帝国灭亡后，法国所在地大部分地区成为5世纪建立的法兰克王国的组成部分，该地区在公元8到9世纪，是欧洲率先向封建制社会发展过渡的地区，10世纪后，封建制社会迅速发展，至17世纪中叶，封建君主专制制度达到顶峰。随着资产阶级势力的发展，1789年，法国爆发大革命，废除君主制，这一年的7月14日，被定为国庆日。1792年9月22日，法兰西共和国建立。

共和国建立不到10年，政权被拿破仑夺去，拿破仑建立拿破仑帝国，后经革命，复建共和国，史称第二共和国。第二共和国成立4年不到，政权又被颠覆，建立所谓第二帝国。法兰西经过近20年的种种变化，于1871年才重建共和国，史称第三共和国。第三共和国建立至1944年，共发生两次世界大战。1940年，被德国占领，第三共和国覆灭。1944年，德国战败，法国光复并成立临时政府，戴高乐担任首脑。1958年通过宪法，新建共和国，谓之第四共和国。1958年，新宪法通过，据此新宪法完善共和国制度后，法兰西建立第五共和国，同年12月，戴高乐当选总统。1964年1月27日，中法建交，中国大使馆在戴高乐广场东头香榭丽舍大街南边。

马奇诺防线——地下钢铁长城

法国境内，见到的牧场或是麦田，我的直观感受是绿得更诱人，田园，不能说比其他国家更美，但也是非常美。

后座有人感叹，“假如不知第二次世界大战史，谁会知道我们大巴经过的这一带的地下有钢铁长城呢?”

有人应声道：“可不是么，著名的‘马奇诺防线’，就在这一带地下穿过。”

上文提到，从法兰西第三共和国建立至1944年，共发生两次世界大战。

19世纪，有些强国（有学者称之为老牌资本主义强国）用各种手段（包括武力），扩大势力范围，如越南、美洲和非洲的一些地区，都成为他们的殖民地和势力范围。至19世纪末，世界弱国，已被分割完毕。德国等国是晚起的资本主义强国，工业化、机械化的水平更高，技术更先进，德国也想扩大势力范围，然而世界已被瓜分完毕，因此，德国不满现状，他想凭借强大的军力，重分势力范围。于是，德国和奥匈帝国、奥斯曼帝国、保加利亚王国结盟，称为“同盟国”，与由英、法、俄协定而成的“协约国”对立，扩军，准备一战。终于，1914年夏，一战打响了，并持续了4年多时间，同盟国战败，签订了《凡尔赛和约》。

《凡尔赛和约》签署

合约规定德国割地、赔款，且不可生产重武器，德奥不可结盟……此时的德国，通货膨胀，经济陷于崩溃，失业率高，许多青年找不到工作，社会矛盾重重……希特勒及其政党德意志民族社会主义工人党，利用德国经济困难和政治动荡，伺机攫取政权。希特勒将德国发生上述灾难的原因，归罪于当时的德国魏玛共和国和《凡尔赛和约》，归罪于犹太人和布尔什维克（布尔什维克号召各国工人阶级，包括德国工人阶级反对资本主义者发动的战争）等，声称必须撕毁和约，必须同德国人民不共戴天的死敌法国算账。正义女神不管用，要用拳头来夺取失去的和需要的。历史总是在军刀上前进……

20世纪20年代末、30年代初，一战结束还不到3年，法国，特别是军界，已感到德国人要报复，迟早会再发动战争。随着希特勒及其政党的势力日益扩张，德国要再次发动战争的意图，也日益显现。不准生产重武器，德国人就制作家具，将用钢铁加工的家具拆了重新组装，就是坦克、大炮、重机枪；德国还对青年人，暗暗进行训练……

一战，法、德双方损失都严重，特别是法国，有人形容说，法国是坚持到流尽最后一滴血才胜利的。

我们的大巴从凡尔登经过，导游告知，那儿是一战时的战场。一战中最残酷的战役就是在凡尔登地区打的凡尔登战役，史称“凡尔登绞肉机”，打了6个多月，光这一役，法国军人就战死70来万。法国人希望不要再打仗，特别是不要再在国境内打仗。全国上下都认为法国必需有御敌于境外的国防建设。1930年，法国作战部部长马奇诺综合了贝当元帅等众人的意见，提出在北边和东边边界，修筑防御工事，得到举国一致认可。这座工事于1936年基本建成，称为“马奇诺防线”。工程主要是在地下用钢材修建的，钢铁量消耗达15万吨，人称“地下钢铁长城”。工程总造价高达50亿法郎，相当

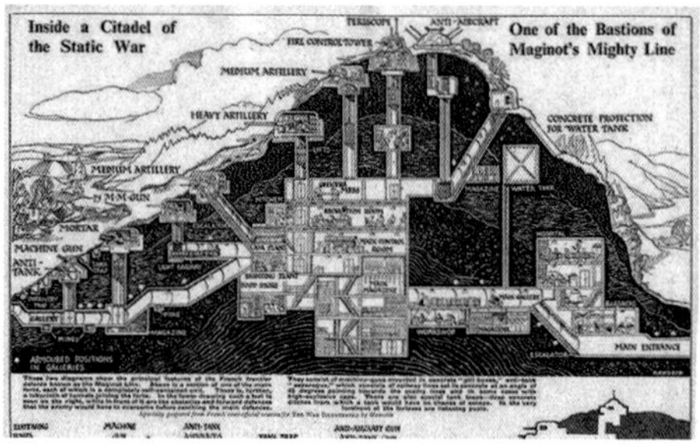

马奇诺防线构造

钢炮塔圆顶和枪炮口

于当时法国一年的财政预算总额。

地下钢铁长城由一组组相互独立的筑垒式防御工事群构成，不仅坚固，而且高度机械化、电气化，设备齐全。每一组工事包括一个主体工事和一些观察哨所，相互间以电话联系。主体工事一般距地面30米，其中有指挥部、钢炮塔、发电设备、修理设备、医院（还有专门的牙医诊所）、水井、食堂、宿舍等各类设施，甚至有停尸房。工事内，粮食和燃料等储存，一般可坚持三个月。工事外面则密布金属柱、铁丝网，可谓“固若金汤”。为体现这一工事的防御性质，工事内火炮的射程一般不超过10千米，即保证炮弹不落在边境外的他国领土内。

马奇诺防线外观

厨房

马奇诺防线的炮火系统，技术先进，重达好几吨的钢铁炮塔，在一架庞大的机械设备的作用下，可以自由升降和进行360度旋转，且只需一名女士操作，就可完成。要塞工事内部有窄轨小火车，可以将弹药补给及时运送到各个作战点。

宿舍

窄轨小火车轨道

为避免长时间在阴暗潮湿的地下生活造成士兵体质下降，建设者们还在要塞内部装上暖气系统，保证干燥和恒温。每一个要塞里都建有一个大厅，平时用来放电影、演节目。遇上战事长时间无法出去，士兵们可以到这里接受由高功率灯泡强光模拟的“阳光”照射。

战区工作室

工事内稍高压力的通风过滤设备还可以防御毒气攻击。如果防守者需要狙击步兵而非装甲车辆，他们可以用悬在头顶上的轨道收回坦克炮，转眼间，一挺重机枪就更换到位。马奇诺防线的许多机枪下装有可以使武器升降的凸轮，以便机枪火力可以完全覆盖周围，同时使倾泻出的子弹保持在距地面一英尺的高度。有德国军人说，若进入其射程内，几乎躲不过、跑不了。如果有德国士兵穿越机枪火力到达工事外墙，像滑槽油桶一样的手控榴弹发射器可以把榴弹送出墙外消灭敌人；如果有敌人攻入大门，进入地下工事通道，他们会被这座大型地下工事内的一座地堡机枪射杀；要是他们越过了这座地堡，那么一按按钮，守军就可以引爆通道中的地雷，摧毁整个通道；如果还是没能挡住他们，战士们可以通过紧急秘密出口撤退。每一座大型地下工事都有这样的紧急出口。设计、建造得很完美，堪称是城堡文化的杰出代表。遗憾的是，这样好的防御设施没有发挥作用。

炮塔地下操作处

榴弹发射器

1940年5月10日晨，德军向法国发动进攻。德军的坦克在比利时和法国边界的小城镇色当，将法国防线撕开一个大口子，德军如洪水般冲来，包抄法国部队，孤立钢铁长城。历史怎么有如此的巧合呢？1870年法普（也可说是法德）战争，法军就在色当惨败。法国皇帝拿破仑三世1870年9月2日，被困色当，最后投降了。

1940年6月中旬，就在德军开进巴黎的同一天，希特勒下令向梅斯以东的钢铁长城发动猛烈攻击，动用了破坏性、杀伤力大的多种武器，包括当时最厉害的大炮88型炮和加农炮等武器。他们把炮群布置在马奇诺防线75型短管炮射程（10千米）之外，对防线大肆轰击。防线的炮弹射不到德军炮群，德军大炮却能准确击中防线。斯图卡式俯冲轰炸机也蜂拥而至，把重250公斤一颗的炸弹抛下。炮火把附近田野几乎深深地翻犁了一遍。钢铁长城经历了炼狱般的洗礼。虽然有炮弹直接命中观察孔杀死观察士兵，但是大型地下工事里的人员安然无恙。钢铁长城的防御功能，没有受到损坏，安全性毋庸置疑。

于是，德国绕过马奇诺防线，迅速占领法国许多地区，包括首都巴黎。防线上部的地面，自然也已被德军占领，如果防线内法军不放下武器，物资顶多只能坚持3个月。守军接到上级投降的指令，才走出堡垒，将防线移交德军。

“固若金汤”的马奇诺防线被攻陷后，德军前来围观

历史上，马奇诺防线最终成了愚蠢、拙劣、徒劳的代名词。

有人认为二战时法国国防的决策者看问题不全面，一战时，德军是从维桑堡、蒙梅迪之间那一带攻进来，难道二战也一定从这里进攻？钢铁长城是固若金汤的防线，但是不等于所有边防线都是如此坚固，为什么不考虑德军从比、法边界攻进来的情况呢？历史上法军不是在色当被打败过吗？蒙梅迪至维桑堡之间，最易攻、难守的地段，在这一地段建筑牢固的防御工事没有错。只是建此钢铁长城，耗尽人力、物力、财力、时间，实际上到开战前夜，防线才建好使用，谁能想到德军会通过比利时，从比、法边界攻进法境呢？

当时比利时是中立国，德国或英法两国，谁先进入比利时境内，其对立国家的军队就会进去帮助比利时抗击先进入者，德军如果敢越界翻越阿登高原，法军就可进入比境与比军一起阻击德军，在阿登高原与德军进行阵地战，这种情况对法军有利，所以高层估计德军不会从这里越境。法军还与比军商定，比军要在阿登地区设路障、挖陷阱、破坏公路，以防万一。德军万一进攻，要大力阻击，只要坚持8天时间，法国援兵就到。但是，不知何故，比利时没有设路障、挖陷阱、破坏公路，更不用说大力阻击了。

德军将主力45个师埋伏在阿登高原对面（阿登高原的东侧）德、比交界附近，用29个师在德、比交界的北端发起进攻，制造假象，使比、法两国相信德国是在那慕尔（阿登高原西北百多里之外）以北实施主要进攻。比军赶快从阿登地区抽兵去北边阻击，法国也从法、比交界处的边防军中，抽兵去那慕尔援助。潜伏在阿登高原对面的德军主力迅速翻越阿登高原。阿登高原，山高，林密，公路少，路面又窄，不能同时行驶多辆坦克或装甲车，然而德军没有遇到任何抵抗，顺利迅速到达比、法边界，向色当猛攻。法国来不及调来更多援兵，赶到的又几乎全部是没有经过好好训练的预备役人员，德军用飞机、坦克猛烈轰击，法军被炸散，色当失守。法军指挥官本想调来援军，在默兹河西南岸掘壕防御，但潮水般冲来的德军，抢渡默兹河，用优于法军的装甲化、摩托化军队，迅速南下，直逼法国首都巴黎。仅仅几个星期，就形成对巴黎的包围圈。

据说，为了巴黎的美丽建筑、各种文物、艺术品和工业的种种建设不被炸毁，法国军民转入地下，与入侵者展开战斗。法国有部叫作《一路顺风》的电影，讲的就是当时这种情况。

我个人觉得，马奇诺防线不应当作笑料去看，而应该给人们带来更多反思。它告诉我们一个道理，固若金汤的防御设施固然有用，但是却不能完全依靠，否则只会麻痹自己。在战争中，我们不能待在城堡里等待敌人攻击，而是要化被动为主动，进行积极防御，因时制宜地制定战略战策，最重要的是，必需发动民众，对军民进行国防教育和训练，让他们敢于、勇于与侵略者进行战斗。

世界花都——巴黎

按计划，我们乘坐大巴于5月5日12点左右，抵达“世界花都”——法国首都巴黎，中午在一家名叫“喜盈门”的中餐厅用餐。午餐后，我们去市中心观光，大巴停在市中心协和广场北边。

法国的街道不及德国法兰克福和特里尔的干净，可能和5号这一天风大有关。协和广场西边是著名的香榭丽舍大街，是巴黎最繁华的街道，笔直地向西北伸展，直达戴高乐广场。名气最大的凯旋门，在戴高乐广场中。大街笔直地向西偏北延伸，为戴高乐大街。协和广场东边是蒂伊勒里公园，公园东边就是名扬世界的卢浮宫。公园和卢浮宫南边是塞纳河。卢浮宫东边是市政厅。市政厅隔河与在塞纳河中间的西岱岛相望，巴黎圣母院就在西岱岛的东端。历史上有名的巴士底狱，在市政厅东边数百米处，1791年，被革命民众彻底拆毁，拆下来的砖石拿去铺了桥，监狱原址变成了巴士底广场。有人说，要寻找巴士底狱遗迹，只有进入地下，在地铁站底层，才能找到两块基石。1830年，巴黎人在广场中心建立起一座纪念七月革命的烈士碑，顶端是一尊右手高举火炬的金翅自由神像，神像左手提着被砸断的锁链，

七月柱

象征着获得了自由。1789年，法国人民发动大革命，于7月14日攻克巴士底狱。如今，巴士底广场仍是各种抗议、示威者爱用的集会场所。这从一个侧面证明，“攻克巴士底狱”，至今仍然是法国人心目中追求自由的象征。

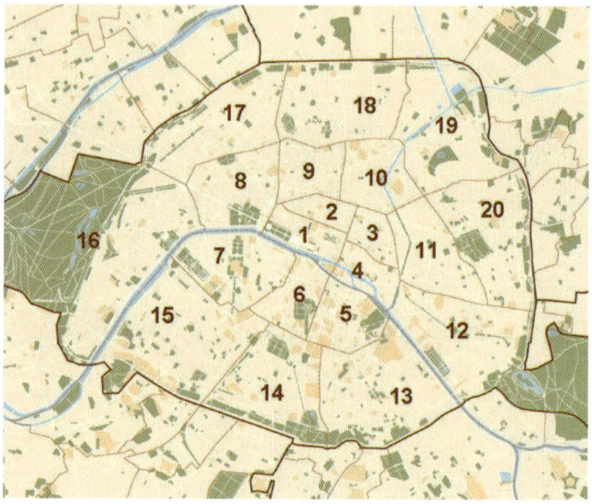

巴黎 20 区

巴黎市分为小巴黎、大巴黎。小巴黎，可理解为城区，分成20个街区。巴黎城区（小巴黎）本来有城墙，19世纪中叶，巴黎警察局长乔治·欧仁·奥斯曼男爵，负责巴黎的大规模改造，拆除了城墙，建设成环城路。小巴黎加上周边上塞纳省、瓦勒德马恩省、塞纳-圣但尼省、伊夫林省、瓦勒德瓦兹省、塞纳-马恩省和埃松省共同组成大巴黎。大巴黎，也称巴黎大区。

埃菲尔铁塔是巴黎市地标性建筑，作为法国大革命一百周年纪念，同时为了迎接巴黎世界博览会，于1889年修建。

爱丽舍宫，法国总统府所在地，在协和广场的西北，距广场两三百米远。巴黎市区规定，房子不可盖得太高，所以爱丽舍宫邻街的建筑，只有两三层高。巴黎市的东北部，有小唐人街，有些华人住在那一带；大唐人街则在巴黎东南地区的意大利广场附近。那里的华人有不少是从东南亚来的。据不完全统计，在大巴黎地区生活着30万华人，其中大约有一半生活在小巴黎。

著名的红灯区及红磨坊夜总会，是巴黎夜生活的场所，在协和广场的东北，距广场有2000多米远。夜总会及其附近的火车站一带，治安较差，导游说，扒手偷你没商量，钱和贵重物品，要保存好，特别是护照，扒手不要护照，偷去后，会直接扔了。

从协和广场向西南看去，能见到拿破仑墓。据说，拿破仑败退时，进攻法国的联军兵临城下，法国理工学院的学生提出发给武器，让他们参加卫国战争。拿破仑说，他不会因为想要金蛋而将母鸡杀了。他在遗嘱中写道："我愿我的身体躺在塞纳河畔，躺在我如此热爱过的法国人民中间。"拿破仑墓在荣军院内，荣军院位于塞纳河南岸，第7街区，距协和广场300多米。

圆屋顶建筑即是荣军院

两千多年前，巴黎只是塞纳河中间西岱岛上的一个小渔村，或者叫小镇。有人称西岱岛是巴黎的摇篮，塞纳河是巴黎的母亲河。西岱岛上的主人是古代高卢部族的"巴黎西人"。公元前52年，巴黎地区被古罗马人征服。古罗马人认识到塞纳河边这个小镇，地理环境好，地位重要，便加强对小镇的建设、扩展、管理，渐成西南欧甚至是西欧的政治中心，公元358年，罗马人在这里建造了宫殿，这一年被视为巴黎建城的元年。罗马人起初将该城命名为“鲁特西亚”，意为“沼泽地”。公元400年左右，才改名巴黎。5世纪下叶，西罗马帝国灭亡，法兰克人建立法兰克王国。公元508年，法兰克王国定都巴黎。此后，巴黎是法国地区的政治中心。巴黎市日益扩展，至13、14世纪时，已发展到塞纳河两岸数十平方千米的地方，教堂等建筑比比皆是，巴黎不仅是法国地区、西欧地区的政治文化中心，甚至成为西方的政治、文化中心。18世纪，西方的贵族、政要将巴黎凡尔赛宫作为活动中心、文化中心。19世纪初，拿破仑的军力所到之处，有文化价值又能搬得动的文物瑰宝，都被搬到巴黎来，拿破仑败后，有关国家虽搬回去一些，但仍留下不少……

身后尖塔是从埃及搬来的

二战后，巴黎继续向四周发展，到20世纪70年代停止盲目扩张，改为发展郊区卫星城。70年代末开始，巴黎西郊的上塞纳省，建设了拉德芳斯中心商务区（位于戴高乐大街的西端）。拉德芳斯中心商务区，有不少高层建筑。2008年，大巴黎地区的GDP为8134亿美元，为法国全国GDP的四分之一。巴黎作为法国最大的工商业城市，其纺织、电器、汽车、飞机等工业都非常发达，时装和化妆品工业更是举世闻名。巴黎设有许多世界性的大银行、大公司、大交易所，它们以巴黎为基地，积极开展国际业务，是法国甚至是欧洲的商业中心。

5日当天，我们主要在协和广场附近游玩。6日上午，我们到第15区的巴黎最高的大厦蒙帕纳斯大厦露天顶层观光，乘欧洲最快的电梯，用时36秒，升至距地面196米的室内观景处，然后爬楼梯登上210米高的屋顶平台，巴黎市区景致，尽收眼底。巴黎市市区不是不可盖太高的高楼的吗？怎么会有这样高的高楼呢？导游说，这是唯一一座高楼，经过约40年建设，才于1973年完成，40年来，受到了长时间的反对、抗议、拉锯式的谈判……这栋大楼盖成后，不允许在市区盖高楼，只能到郊区去盖。

在蒙帕纳斯大厦屋顶平台上留影

在蒙帕纳斯俯瞰巴黎

熟人说，到巴黎，应上街看一看巴黎夜景。我们乘大巴“夜游巴黎”。可能是夜间缘故，视野不开阔，所见到的，觉得与其他城市的夜间大同小异，虽登高眺望，其灯火也未见有特别之处。

我们到达巴黎公社战士墓地附近，不知何故，大巴停在小巷里，需要下车走一会儿，才到墓地的铁栅栏外，里面没有灯光。团队里有位法语教授，他看了看铁栅栏上的法语说明，告诉大家里面就是巴黎公社战士的墓地。

巴黎工人为主力的民众组织巴黎公社，是有重大影响的事件，法国史册、世界史书上，都有阐述。1871年5月27日，5000多名法国政府军，围攻退守在巴黎拉雪兹神甫公墓的约200名公社战士，公社战士英勇战斗，最后在墓地的一堵墙边全部牺牲。后人称此墙为“公社社员墙”，以表纪念。

公社社员墙

我们来到一广场附近，听到乐队演奏声，是业余乐队或歌手在演出。导游讲，这些街区，夜间常有此等活动。我们还在巴黎乘坐了地铁，记不得是在哪个街区的站点乘坐的了，总共坐了两三站，不是人多时段，所以不拥挤。巴黎地铁，是为迎接1900年世界博览会修建的，距今已有100多年，100多年中，巴黎地铁有维修，也有扩建，其中最新建成的14号线非常现代化，是一条全自动无人驾驶的线路。不过我们乘过的几站，总的说，较陈旧，站台和内部空间太小了。

白天，我们继续在巴黎游玩。巴黎林荫大道多，古典风格的广场、公园（花园）多，公共喷泉和街心雕塑多，建筑物周边，绿地和花木也多。道路边或公园里的树木，有许多是会开花的。巴黎是艺术之都，也是鲜花之都。无论是在房间里、阳台上、院子中，还是在商店里、橱窗前和路边上，到处都有盛开的鲜花，到处都有迷人的芳香。至于五彩缤纷的花店和花团锦簇的公园，更是让人驻足观赏，流连忘返。团里有人感叹道：“为什么说巴黎是世界花都，我现在明白了。”

建筑物旁花木多

团里有人说道：“到处有鲜花的城市很多，但巴黎被称为世界花都，可能还有别的原因。或许更因为巴黎是花花世界之首。巴黎与世界其他著名大城市比较，更具多样化，不论是从历史角度看，还是从现代角度看，巴黎都更令人眼花缭乱，是花花世界之最，花都的‘花’，可能更是指花花世界之‘花’。”

中国诗人艾青在巴黎生活了3年，他把巴黎人格化，在长诗《巴黎》中，他说：巴黎有时嘶叫着，有时垂头丧气，有时疯了一般地袒胸露肉，有时又无止息地用手捶着自己的心肝……爱巴黎，爱得要拥抱巴黎、吻巴黎；也恨巴黎，恨得和爱一样坚强。

如果将巴黎人格化，说他是浪漫的花花公子，不为过吧……

下午四五点左右，大巴行驶在塞纳河畔大道上，我们见到了著名的塞纳河畔旧书摊。据说常有学者去翻看或选购，那里有别处看不到、买不到的书籍，甚是稀缺、珍贵。

塞纳河畔旧书摊

这一天，我们从早上8点游览至下午5点左右，团友们多感到累了。下午5点左右，我们登上塞纳河游船，环顾两岸，顿时兴奋起来。两岸有许多精美的建筑，有的要仰视，有的要远眺。游船慢慢行驶着，或渐渐接近一座需要仰视的豪华大建筑，或渐渐远离有神秘感的尖塔……此情此景，会使人产生奇思怪想或者幻想。游览巴黎，只有乘塞纳河游船游一游，游客才能对巴黎的认识更深刻一些。

在塞纳河游船上看两岸风景

凡尔赛宫——文化的圣殿

凡尔赛宫位于巴黎市西南郊伊夫林省省会凡尔赛镇，距市中心约20千米。

凡尔赛宫

从东门排队入宫

金碧辉煌的凡尔赛宫

在东门外合影

凡尔赛宫本是宫廷的狩猎行宫，仅有20来个房间，一层为储藏室和兵器库，二楼为国王办公室、寝室、接见室等。据说，法王路易十四参观其财政大臣富凯的沃子爵城堡，为其房屋与花园的宏伟壮丽所折服，当时王室在巴黎市内的皇宫、花园和郊外的行宫，无一可以与之相比。于是，路易十四命令沃子爵城堡的设计师勒诺特和著名建筑师勒沃为其在凡尔赛狩猎行宫的地方设计建造新的宫殿。

1667年，经勒诺特设计，勒沃在行宫的南、北、西三面添建新宫殿，将原来的狩猎行宫围在里面。把原行宫的东面作为主要入口，并修建了大理石庭院。

1674年，由建筑师孟莎接管凡尔赛宫工程，他增建了宫殿的南北两翼、教堂、桔园和大小马厩等附属建筑。为了吸引居民到凡尔赛定居，还在凡尔赛镇修建了大量住宅和办公用房。为确保凡尔赛宫的建设顺利进行，路易十四下令10年之内在全国范围内禁止其他新建建筑使用石料。

豪华的大厅

1710年，整个凡尔赛宫殿和花园的建设全部完成，其成为欧洲最大、最雄伟、最华丽的宫殿。最为富丽堂皇的殿堂是著名的镜廊，长73米，宽10.5米，高12.3米。左边和平厅相连，右边与战争厅相接。最吸引人的是长廊左侧的17面巨型镜子，每面均由483块镜片组成，这些镜子与向花园而开的17扇巨大拱形窗门相对应。白天，人们在室内可通过镜子观赏园中美景；夜宴时，400支蜡烛的火焰一起跃入镜中，镜内镜外，烛光辉映，如梦似幻。著名的《凡尔赛和约》就是在这个大厅里签署的。

1682年5月6日，路易十四宣布将法兰西宫廷从巴黎市区迁至凡尔赛宫。凡尔赛宫作为法兰西宫廷后，法国各地乃至欧洲其他国家、地区的一些贵族，以之为活动中心、艺术中心和文化时尚的发源地。在其全盛时期，宫中居住的王子王孙、贵妇、亲王贵族、主教及侍从仆人等，竟达3.6万人之多。在凡尔赛宫的附属建筑中，还驻扎有瑞士百人卫队、苏格兰卫队、宫廷警察，此外，还有王家卫队等1万多军人（其中有数千骑兵）。凡尔赛宫总共有1300多间房，整个建筑群，显得很巨大。为了安置众多的“正式情妇”，路易十四还修建了大特里亚农宫和马尔利宫。路易十五和路易十六时期又修建了小特里亚农宫和瑞士农庄等建筑。1762年，法国王室几乎所有人，都从卢浮宫迁到凡尔赛宫定居。1789年10月，路易十六被法国大革命推翻，凡尔赛宫作为法兰西宫廷，长达107年（1682—1789）。1979年，凡尔赛宫被列入《世界文化遗产名录》。

妈妈们带着孩子来参观

有人将北京圆明园与凡尔赛宫相比，说圆明园是“东方的凡尔赛宫”。

圆明园真实模样，笔者没有见过，被侵略者抢掠烧毁至今一百多年，未复建，仅留下些断壁颓垣。圆明园在北京故宫西北30多里的地方，风景秀丽、建筑精美、规模巨大，也是皇帝行宫。

史料说，圆明园包括圆明、长春、绮春三园，平面呈倒“品”字形，东西长6华里，南北宽约4华里，占地5200余亩。园内山环水绕，亭台楼阁，馆轩殿庑，绿树红花，在当时世界上，无与伦比。圆明园不仅以园林著称，还是一座收藏相当丰富的皇家博物馆。法国大作家雨果说：“即使把我国所有圣母院的全部宝物加在一起，也不能同这个规模宏大而富丽堂皇的东方博物馆媲美。”圆明园内各殿堂装饰华丽，有难以计数的紫檀木家具，陈列有许多国内外稀世文物。园中文源阁是全国四大皇家藏书楼之一。园中各处藏有《四库全书》《古今图书集成》《四库全书荟要》等珍贵图书文物。

圆明园的断壁颓垣

路易十六勾结国外反对法国革命的反动势力，反动势力联军进入法国攻击革命武装，巴黎民众最终将路易十六推上断头台。战乱使凡尔赛宫多次遭到破坏、洗掠。宫中被洗劫一空，门窗也被砸毁拆除。1793年，凡尔赛宫内残存的艺术品和家具，被运到卢浮宫。凡尔赛宫彻底沦为废墟。1833年，法国政府下令修复凡尔赛宫，将其改为历史博物馆。

宫内用材全是大理石

后宫卧室一角

走出展室，我遇见两位用餐时相识的兄弟团的游人。其中一位问："方才讲解员说，后宫等人，不可随便出宫，但后宫有暗门，王后等可从暗门出后宫，解解闷，国王知道吗？”另一位说：“能不知道么？不是说国王有时也从暗门暗暗出宫寻欢嘛！”我听到讲解员说没有。后宫的房间不大，光线不好，空气更差，参观者又不少，我想快点走到室外去，好像听到解说员如此讲，但未太在意。其中有位又问：“讲解员说，王后分娩，让国王去助产，他竟然用脚踩踏王后的大肚子，可信吗？”他们认为不可能有这样的事。我想，讲解员能在大庭广众面前如此讲，应有一定的历史依据，不可能信口开河。我问两位对复建圆明园有何看法。两位意见相反，各说各有理，倒反问我持何意见。我说，等全国大多数人都过上小康生活，自然应该复建。复建时，原则上要保全原貌，个别地方可建筑得更科学、更美、更好，但要有为什么如此改建的说明。法国人、欧洲人，对有代表性的古建筑，很爱护，值得我们学习。他们精心维护有代表性的古建筑，若建筑被毁了，他们对半砖半瓦都会拣起来保护好；复建时，会精心恢复原貌。毕竟，有代表性的文物古迹，特别是国宝级的文物，是无价的文化载体。

罗浮宫——艺术的宝库

卢浮宫和金字塔

5月6日，主要是参观卢浮宫和巴黎圣母院。卢浮宫位于协和广场东头塞纳河北岸。卢浮宫是世界上较为古老、较大且较为著名的博物馆之一，与列宁格勒博物馆、梵蒂冈博物馆并列，号称世界三大博物馆。

改建时未拆除的拆墙

卢浮宫始建于13世纪初。那时，十字军东征，为了保卫北岸的巴黎地区，菲利普二世于1200年在这里修建了一座通向塞纳河的城堡。城堡中有些房子，用于存放王室的档案、珍宝，也用于圈狗和关押战俘。1546年改建，成为具有文艺复兴时期风格的宫殿。作为皇宫，后又经历代王室多次扩建，到拿破仑三世时，投入大量资金，卢浮宫的整体建设才算完成，达到今天的规模，共历经700多年。卢浮宫占地面积（含草坪）约为45公顷，建筑物占地面积为4.8公顷。两侧的长度均为680米（有说690米），整体建筑呈“U”形。

我为了拍摄没有游客遮挡镜头的城墙，掉队了，找不到团队的去向，有些着急，摸摸口袋，纪录领队手机号码的小本子没有放在身上，又没有手机，这一下，慌了神。我深吸一口气，想了想，若实在没有办法，就到大使馆去，后来，我忽然想起领队说过，在何处走失，就在何处等，不要乱走动。我赶紧回到走失的地方。果然，领队找来了。原来他们已下楼，出了卢浮宫，在“金字塔”里游览。导游找到我后，带我去金字塔，让大家等了约半个小时。我向大家鞠躬表示歉意。

卢浮宫曾经居住过50位法国国王和王后，是法国历史上最悠久的王宫。许多著名艺术家也在这里生活过。有不少国王爱收藏各种艺术品，如路易十四。他登基时只有5岁，在卢浮宫做了72年的国王，在法国历史上，在位时间最长，也是法国历史上著名的国王，被称为太阳国王。

金碧辉煌的展厅

路易十四在庭院外面修建了富丽堂皇的画廊。他购买欧洲各派的绘画，包括卡什代、伦勃朗等人的作品。他一生迷恋艺术和建筑，致使法国金库空虚，但卢浮宫的收藏却十分充实。路易十四去世前夕，卢浮宫已经成为经常展出各种绘画和雕塑作品的场所。

用大理石建筑的长廊

1789年7月14日，大革命废除君主制。1792年5月27日，国民议会宣布，卢浮宫将属于大众，成为公共博物馆。1793年8月10日，卢浮宫艺术馆正式对外开放。从那时起，这里的收藏不断增加，拿破仑时期，又向那些被征服的国家征用艺术贡品。拿破仑失势后，有关国家来卢浮宫要搬回本国文物，法国人用外交手段，将许多艺术品留在卢浮宫。不过，也有约5000件艺术品物归原主。

1981年，法国政府对这座精美的建筑进行了大规模的整修，从此卢浮宫成了专业博物馆。其艺术藏品种类之丰富，档次之高，堪称世界一流。用来展示珍品的两百来个宽敞的大厅富丽堂皇，大厅的四壁及顶部都有精美的壁画及精细的浮雕，处处都是呕心沥血的艺术结晶，让人叹为观止。

卢浮宫198个展览大厅，最大的大厅长205米。整个建筑壮丽雄伟。最壮观的部分是大画廊，有长达300米的华丽走廊。

密特朗总统邀请美籍华裔建筑师贝聿铭为博物馆设计新的入口。贝先生提出建造一个“金字塔”的方案。据说，有了这座“金字塔”入口，观众有了合理的参观线路，从这里可以直接去自己喜欢的展厅，不必像过去那样，去一个展厅要穿过其他几个展厅，有时甚至要绕行七八百米。

一个现代的博物馆，后勤服务设施一般占总面积的一半。过去，卢浮宫博物馆只有20%的面积用于后勤。有了这座“金字塔”，博物馆便有了足够的服务空间，包括接待大厅、办公室、贮藏室以及售票处、邮局、小卖部、更衣室、休息室等，卢浮宫博物馆的服务功能因此更加完善。

卢浮宫博物馆，在收藏目录上登记的艺术品数量，已达40万多件。有不少是古代东方各国的艺术品和古希腊、古罗马的艺术品；中世纪到现代的代表性作品相当丰富；还有数量惊人的王室珍玩等。卢浮宫分为东方艺术馆、古埃及艺术馆、古希腊与古罗马艺术馆、绘画馆、雕像馆、珍宝馆等，真可谓是世界艺术的宝库。导游说，近两百个展厅，我们能参观百分之五六就不错了。镇馆三宝好好看看，别的能观赏多少算多少。

达·芬奇的《蒙娜丽莎》，为绘画中最有代表性的珍品，被认为是西欧画史上首幅侧重心理描写的杰作。国王弗朗西斯崇拜意大利派的画家，购买了他们的绘画，包括《蒙娜丽莎》等珍品。《蒙娜丽莎》是镇馆三宝之一，置放在卢浮宫二楼中间的一个大厅中，外面用钢化玻璃罩着，进行特别保护。

达·芬奇的《蒙娜丽莎》

据研究，胜利女神雕像是雕塑家萨姆特拉斯为纪念希腊罗地岛的一场海战胜利而雕刻的。胜利女神站在船头，迎风微微前倾身躯，健美的胸部披着薄薄的长袍，体魄健壮而又不失轻灵，极富质感。雕塑大师罗丹曾经赞叹说："这简直是真的肌体，抚摸她，好像会感到体温。"

萨姆特拉斯的《胜利女神》

女神虽然失去了头部和双臂（在发掘地反复找，未找到），但在人们的眼里，她仍是完整、完美的。胜利女神是已知雕像中表现热情奔放与动态的最完美的作品，也是镇馆三宝之一。

米洛的《维纳斯》

米洛的《维纳斯》雕像，身高2.02米。古希腊神话中，"阿芙洛蒂忒"是掌管爱情、婚姻、生育以及一切动植物的生长繁殖的女神、爱神，古罗马神话中称爱神为"维纳斯"。神话中说，爱神很美，在春神等神的陪伴下，来到奥林匹斯山，众神被其美丽容貌所吸引，纷纷向她求爱。宙斯在遭其拒绝后，利用其特权，让她嫁给丑陋而瘸腿的火神赫斐斯托斯，但她却爱上战神阿瑞斯，并与战神生下小爱神厄洛斯……

雕塑家、画家以维纳斯为题材进行创作，比如意大利佛罗伦萨画家波提切利的名画《维纳斯的诞生》。这幅画的寓意是，爱和美的女神，生于爱琴海中，风神将她送到岸边，春神来迎接，给她披上星星织成的锦衣。

《维纳斯的诞生》

关于维纳斯的雕像或绘画，有许多，就艺术水平和受大家喜爱程度来说，没有哪个能比得上米洛的“维纳斯”。曾有人设法给“维纳斯”接上双手，但怎么接、怎么摆放，都不美。

“维纳斯”的双臂是怎么被打碎的呢？据说，那个年代那一带的石雕工艺，雕像的手，多是需要另外雕刻的，刻好再安装上去，“维纳斯”的断臂处，都有榫眼。至于断臂维纳斯的来源，有这样的说法：

1820年，希腊爱琴海米洛岛上，一位农民发现一尊美女雕像。此时，正好有一艘法国军舰泊在米洛港，舰长得知消息，即赶到现场，想买下，可没有现金。结果，此“维纳斯”被一位希腊商人买下，并准备运往君士坦丁堡。眼见宝物就要失去，法国人不甘心，立即驱舰前往阻拦。双方打了起来，结果使珍品遭到损坏，雕像的双臂被打碎。双方争执不下，最终由米洛岛当局出面解决。他们让法国人用高价买下雕像，贡献给法国国王。就这样，米洛的“维纳斯”被运到卢浮宫。法国人视之为国宝，有人在观赏时，还激动得流下热泪。据研究，这尊雕像，是公元前500至100年之间的作品，亦是镇馆三宝之一。

《拿破仑一世在巴黎圣母院加冕大典》

卢浮宫绘画馆所收藏的绘画之全、之珍贵是世界上各艺术馆不能比拟的。绘画馆共有35个展厅，2200多件展品，《拿破仑一世在巴黎圣母院加冕大典》和下面的《自由引导着人民》也展示其中。

德拉克洛瓦的《自由引导着人民》

《自由引导着人民》，作于1830年，取材于1830年法国七月革命。作品反映了硝烟弥漫的革命场面。1789年大革命推翻封建君主制，法国于1792年建立共和国，民众实现了自由、平等。保皇派、封建君主势力不愿退出历史舞台，搞复辟。1830年7月，法国民众又起来革命。双方展开激烈战斗，特别是巴黎地区，发生激烈的巷战。在圣德克街区的巷战中，一位名为克拉猎·莱辛的姑娘举着三色旗冲在前边，少年阿莱尔将三色旗插在桥顶上。据说，画中姑娘旁边拿着手枪的少年就是阿莱尔，拿长枪的男子可能是画家本人。战斗很艰难，虽然他们曾占领皇宫，但阿莱尔和许多民众倒在了血泊中……这幅画作，气势磅礴，色调炽烈，用笔奔放，具有强烈的感染力。

卢浮宫里的楼梯有不少是用大理石加工而成的，因为踩踏的人太多了，有不少石阶已踩磨成斜坡，上楼未觉得不好走，倒是下楼有滑倒的危险。团友老武站在较斜、较滑的地方，不敢走，一位黄头发不熟的中年人，快步上去拉住他的手下楼。老武用生硬的英语向他表示谢意。对方微微一笑，生硬地说了句汉语：不用谢。后来有团友提醒我，此事是发生在凡尔赛宫。不过，我记得是观赏绘画之后，下楼去别处参观时发生的事，具体是哪里，还真记不清楚了。

进入另一展厅，走到《丘比特与普赛克》旁边，解说员说，这是以神话故事、神话人物为题材创作而成的石雕。

《丘比特与普赛克》

《丘比特与普赛克》是意大利著名雕塑家卡诺瓦于18世纪末至19世纪初创作的。要了解作者的取意，得从下面的神话说起。

爱神维纳斯与战神生下小爱神厄洛斯，也就是大家熟知的丘比特。小爱神厄洛斯也掌管爱情，而且还有一张弓两支箭，一支是金箭，一支是铅箭，人们是无法逃避神箭的，若被金箭射着，爱情婚姻就顺利美好，若给铅箭射着，爱情婚姻就不顺利，要受折磨。

丘比特是美少年，长大成小伙子，公主普赛克爱上了他。普赛克比维纳斯还美丽，人又善良，她的美貌与声誉，使维纳斯产生妒意，她要儿子使普赛克爱上又穷又坏的男人。丘比特竟让金箭射中自己，爱上普赛克，瞒着家人与普赛克结婚。为了不被母亲知道，不张扬出去，他故意隐瞒自己的身份，普赛克不知道丈夫是小爱神，但夫妻之间很是恩爱。普赛克的两个姐姐，嫉妒妹妹，骗妹妹说丘比特是大蛇精，教唆妹妹在夜里点亮油灯，他就会显原形，趁他没有显原形前，将他刺死。普赛克半信半疑，在半夜点亮灯，竟然见到夫君司爱情的弓箭，原来是小爱神，她心中惊喜，打翻油灯，烫伤了丘比特。丘比特得知事情原委，说，早就提醒你要提防她们，他生气地离开普赛克，去治伤。公主普赛克去婆婆家找丈夫，受尽婆婆的虐待和折磨，婆婆用地狱的睡眠魔盒让普赛克昏睡。丘比特伤愈后去找普赛克，带她到天上见祖父宙斯，请祖父宙斯说服维纳斯，同意他俩的婚事。雕塑家雕刻这样一尊雕像是什么意思呢？应该是丘比特找到普赛克时，见她在沉睡，一面给她解除魔法，一面抱起她。普赛克醒来一眼看见丈夫，便伸手去抱丈夫的头吻丈夫……

卢浮宫雕塑

巴黎圣母院

巴黎圣母院是法国天主教大教堂，我们游览协和广场时，已知圣母院位于巴黎塞纳河中西岱岛的东端。巴黎圣母院始建于1163年，整座教堂在1345年才全部建成，历时180多年。

教堂是典型的哥特式风格，坐东朝西，风格独特，结构严谨，有一对钟楼分立两边，主入口的上部，设有直径10米的玫瑰窗，窗花很精美，也十分雄伟庄严。从外面仰望教堂，那高峻的形体加上顶部耸立的一对钟楼和高达百米的尖塔，使人感到一种向蓝天升腾的雄姿，甚是悦目，埃菲尔铁塔建成之前，巴黎圣母院是巴黎地标性建筑。

教堂大厅能坐下八九千人。大厅中无数的垂直柱子引人仰望。数十米高的拱顶在幽暗的光线下隐隐约约，闪闪烁烁，加上场合神圣，感觉十分庄严。

巴黎圣母院

圣母院内大厅

圣母院中央，供奉着圣母圣婴，两边立着天使的塑像，两侧立的是亚当和夏娃的塑像。导游说，大点的教堂大多是这样的陈列。

巴黎圣母院是一座石头建筑，有数十米高，能用巨大的石头组成如此恢宏的殿堂，堪称欧洲建筑史上一个划时代的标志。建筑用的石材是大理石，由于建成已有六七百年，石头表面已被烟尘锈得发乌，看不出是大理石。圣母院的选址，值得称赞,塞纳河中西岱岛东端，这里是市中心的中心。

正门两边的钟楼，也称钟塔，在六七百年前那时代，是全市最高的建筑。我觉得，钟楼与其中庭上面百米高的尖塔相比，称钟楼合适，其屋顶也是平的。

与钟楼合影

圣母院全年对游人开放，特别是七八月份，钟楼要晚上10点才关门。

上面提到巴黎圣母院位于市中心的中心，还可从下面所说景况去理解。巴黎圣母院广场上有法国公路网“零起点 Point zero”标志（广场中一块大理石地面，中间镶有一块圆形色较深的大理石——“零起点”）。从巴黎到什么地方有多少千米，是从这个“零起点 Point zero”开始测量的。从马赛或别的地方到巴黎有多少千米，也是指到达这个“零起点”的距离。所以，说这里是中心的中心，毫不夸张。

巴黎圣母院本身就是很有特色的建筑，加上祭坛、回廊、门窗等处的雕刻和绘画，艺术水平很高，又收藏了13至17世纪的大量艺术品，十分珍贵，巴黎圣母院从而闻名于世。不过，巴黎圣母院在全球知名度高，上述这些可能只是原因之一，还有一个重要因素应该是维克多·雨果。

正门边的浮雕

窗花

19世纪法国著名诗人、剧作家、小说家维克多·雨果，其作品中有一部与教堂同名:《巴黎圣母院》，创作于1831年，是雨果第一部大型浪漫主义小说。

《巴黎圣母院》以离奇和对比手法写了一个发生在15世纪的法国

的故事：巴黎圣母院副主教克洛德，道貌岸然，蛇蝎心肠，先爱后恨，迫害吉卜赛女郎爱丝美拉达。而面目丑陋、心地善良的敲钟人卡西莫多为救吉卜赛女郎舍身。小说揭露了宗教的虚伪，宣告禁欲主义的破产，歌颂了下层劳动人民的善良、友爱、舍己为人，反映了雨果的人道主义思想。雨果是法国文坛上璀璨的明星，是法国浪漫主义文学运动的旗手和领袖。

电影《巴黎圣母院》将小说搬上银幕。全世界读过小说、看过电影的人很多，这可能是大教堂巴黎圣母院知名度格外高的重要原因。

我参观完巴黎圣母院内外后，站在其正门（西大门）外的广场，环视四周，仰视巴黎圣母院的钟楼，脑海里都是电影《巴黎圣母院》的内容，久久不能释怀。

第二天一大早，我们就要离开巴黎，去法国东南部观光。据说，那里的田园风光十分美。

圣母院内凹的正门

法国田园风光

5月7日早晨8点，我们准时登车去瑞士日内瓦，沿途欣赏巴黎南郊和法国中部、东部的田园风光。

法国南部与西班牙交界地区，有比利牛斯山；东部，有阿尔卑斯山；中南部有中央高原；东南边是地中海。东南部的田园风光，因山和高原而显得丰富多彩。塞纳河是先流经大巴黎东边的塞纳－马恩省和南边的埃松省才进入小巴黎市区。

大巴向东南行驶不久，就见到塞纳河畔美如画的风光。

有人说，法国的田园风光，也和巴黎市一样，洋溢着浪漫的色彩，苍翠幽静的田园，让人心醉神迷。行走于山地田野间，满目丛林、鲜花、碧草、绿野。绿油油的麦田、绿油油的牧草场一眼看不到头。即使是山坡，也是大片的绿地向远处延伸，各种树木成为点缀，耸立其间。田间小道两旁长满了多彩缤纷的花木，零零散散的村落半掩在绿野里，给人以和谐的自然美感。

法国在第二次世界大战后，农业加速机械化，如今，大农场不用说，有许多以家庭为单位或几位亲朋好友联合的小农场、小庄园，机

械化水平很高。小农场，以家庭劳动力为主，农场主及其家属占农业劳动力总数的92%左右。目前手工业式的劳动者已不多，法国农村多是管理人员或机械手，驾机干活。原先只是自给自足式的经营，现在专业化的经营多了起来。

法国农业专业化，可概括为三种类型：区域专业化，如小麦产区、蔬菜产区、畜牧生产基地等，既便于经营管理，又能提高单位面积产量；农场专业化，如谷物农场、畜牧农场、水果农场、蔬菜农场等；作业专业化，是将过去由一个农场完成的全部工作，如耕种、田间管理、收获、运输、储藏、营销等，均由农场以外的企业来承担，使农业生产商品化。法国的农业人口，收入比较有保证，生活的基本条件不比城里差。

第二次世界大战前，法国农业是小农经济为主，所以那时法国农业落后于英、德等国。现在，法国小农场的比例比较大，5公顷以下的农场有27.8万个，不利于机械化、现代化。法国政府支持发展中型农场。山区不宜办过大的农场，中型农场则有条件办成农工商综合体，这是农业现代化要走的路。

大巴行驶一段时间后，我们下车休息。休息的地方风景也很好看。

高速路工程纪念碑

高速路边的村落

当晚，我们投宿在距瑞士不远的法国东部古城——第戎。

第戎是科多尔省的省会，在巴黎东南，距巴黎270千米，人口只有十几万。第戎城，始建于古罗马时期，历史上，曾有过辉煌的时代，保留了许多旧时贵族的豪华宫殿和遗迹，以古堡著称。如今是法国东部重要的铁路枢纽，巴黎至第戎，坐高速火车一小时多就到。第戎工业也发达，有机械、铁路器材、化学、食品、皮革、塑料等产业。

镇政府

当地旅游资源也较丰富，风景美，特别是郊外。镇政府重视开发旅游业，为了使游客一天内基本上能游玩全镇各主要景点，政府设计了一条有趣的“猫头鹰路线”，这是一条串联主要景点的步行观光路线。政府将第戎吉祥物——猫头鹰像，印在马路上，游客只要随着“猫头鹰”的指引，即可穿梭于大街小巷，依次参观22个景点。我国到中欧旅游的团队，多会将第戎作为一站。

第戎，不仅风景很美、有山有水，当地人还很好客、好相处。当地有很多华人，我们一会儿去吃晚饭，就是在一家华人开的餐馆用餐。

从北欧去南欧，若乘大巴或火车，多会经过第戎，反之亦然。从法国去瑞士、意大利，若乘火车或大巴，也多会经过第戎，反之也如此。第戎，不但是储存许多文化遗产的艺术城市，而且是世界闻名的美食之镇，也是葡萄酒产区，观光客能品尝到窖藏葡萄美酒。所以不少人经过这里，多会特意停留。

第二天一大早，我们就要告别第戎、告别法国，出发去瑞士日内瓦。

法国，11、12世纪前，没有我国发达。12、13世纪以来，这八九百年，特别是18世纪以来的这两三百年，成就巨大，成为发达强国。法国人对文物，尤其是对艺术品，十分珍爱，保存之多、之好，可说是世界之最，总之，法国有许多东西值得我们学习。再见！法国！

中餐馆

市区步行街

中文门面

瑞士篇

阿尔卑斯山

国际大都会——日内瓦

2010年5月8日一大早，我们告别第戎，前往瑞士日内瓦。8点10分左右，进入瑞士境内，也进入日内瓦境内。日内瓦边界，90%多是与法国交界，只有不到5%的边界与本国的罗勒镇相连。几乎可以说，日内瓦包裹在法国的国土中。

这几天，大家多有些累了，又因起得较早，登车坐定，都想好好休息一下，还没有休息够，就听到导游说，大巴已到日内瓦湖畔著名的“花钟”处了。我们下车走了一小段路，“花钟”即出现在面前。

日内瓦湖畔公园里的花钟

如今，有花钟的地方日益多起来，但日内瓦湖畔安格拉斯公园（有时称“花钟公园”）里的花钟是独一无二的，因为日内瓦是瑞士钟表业的中心，是世界“钟表之都”，所以，日内瓦的花钟，被视为日内瓦的象征，可谓是花钟“始祖”。此花钟约用6300束花朵装饰，制作精美，走得也准。不同时节，组成花钟的花的品种也不同。

花钟公园一角

不过，日内瓦吸引观光客的主要看点，不是花钟。

世界上有许多政府和非政府的重要国际组织，其机构或办事处设于日内瓦，有180多个外交使团，驻于此地。日内瓦著名的万国宫，本是联合国前身、国际联盟所在地，现在是联合国欧洲总部和国际红十字会总部，在万国宫对面。此外，还有世贸组织总部（WTO）、世界卫生组织总部（WHO）、万国邮政联盟、世界气象组织总部、联合国难民署等。各种国际组织的机构或办事处有840多个在日内瓦。各种国际组织机构的建筑，散落在大片绿地中，有的对游人开放，可以参观。

日内瓦是举行重要国际会议的中心。万国宫有3900来名常驻国际官员，每年要举行近8000个会议。会议多时，有五六千名代表和职员在此工作。日内瓦被誉为“国际大都会”。有人说，日内瓦与其说是瑞士的城市，倒不如说是世界的城市，这种说法更贴切一些。这“国际大都会”的身份才是吸引观光者的主要看点。

联合国欧洲总部门口的万国旗帜广场

日内瓦的面积（包括郊区）总共只有280多平方千米，人口只有10多万，市区人口两万左右，是一个不大的城市。在瑞士，也只是第三大城镇，那它凭什么吸引这么多国际组织将机构或办事处设在这呢?

其一，历史、政治的原因。历史上，瑞士是中立国，并未加入联合国，2002年才申请加入，第57届联合国大会一致通过决议，正式接纳瑞士联邦为联合国新的会员国。瑞士没遭大战破坏，较安全，如第

一、二次世界大战，因瑞士中立，这里都是和平的，所以这里有“和平之都”的美称。

其二，日内瓦的地理位置独特，交通方便。日内瓦包裹在法国国土中，与法国来往方便，不言自明。与意大利呢，自从阿尔卑斯山南北数十千米长的辛普浪隧道开通后，来往也方便了。国际机场修好后，与非欧洲国家之间的来往，更为方便。

国际红十字会总部

其三，气候温和，冬无严寒，夏无酷暑。瑞士全国平均海拔在1300米之上，可日内瓦在阿尔卑斯山和汝拉山之间，市区海拔在600米以下，旁边又有一个欧洲第一大湖——水面有580多平方千米的日内瓦湖。日内瓦虽在阿尔卑斯山之北，却较多受到地中海气候的影响，气候温和。

其四，日内瓦在两大山之间，大湖之旁，湖光山色，风景如画，美不胜收。政要权贵们以能至此度假为快。有条件者，到湖畔买块地，盖栋别墅，不时到此住住。这里100多千米的岸边，有许多别墅群。一处处别墅群，多会建设公园（花园），日内瓦湖畔有不少秀美的花园，如激流公园、玫瑰公园、珍珠公园、英国花园、植物园，等等。别墅群的白墙色瓦掩映在绿荫丛中，堪称人间胜境。

其五，可能是更重要的，那就是瑞士政府的政策。瑞士日内瓦政府热情支持各种国际性的会议、活动在日内瓦举行，他们会认真做好治保工作，提供需要的各种服务。与会者的入、出境签证也易办。日内瓦市内，人少地不少，如果是合理的需要，政府会提供土地给盖房子，有偿，但收费合理。同时，政府还给国际职员一些优惠，比如外交官可免税购物，据说，买一只劳力士，会便宜3成……这里的民众也比较平和、不排外，不论是大国小国强国弱国，来者都是客，政府和民众都按规定接待。

钟表店

断椅——国际反雷标志

我们参观联合国欧洲总部、国际红十字会总部一带，导游多给了一点时间，游客不多，有团友见到有可躺下的地方，就躺下稍憩，可一躺下就打起呼噜。

从万国旗帜广场往旁边走不远，见到广场上有一把大椅子，走近一看，才发现椅子有一只脚是坏的，什么意思？导游在那边讲解，大概是国际反地雷组织的标志。

后来我详细搜索了这把椅子的背景资料。巨型断腿木椅子，12米高，重5吨，是瑞士著名雕塑家丹尼尔·伯塞特于1997年，代表国际残联，为纪念《地雷议定书》的正式生效而创作的。丹尼尔说，全球每年约有2.6万人因触雷而伤亡，其中1/3以上是儿童。将椅子设计成三条腿，寓意不言而喻。丹尼尔赋予"断椅"的寓意是"有尊严地活着"！他认为，远离战争的蹂躏和无辜伤害，是有尊严地活着的前提。

我们按计划游览了日内瓦后，要告别日内瓦了。领队呼喊大家登车，去卢塞恩。

大巴沿日内瓦湖北岸向东行驶，行驶三四十分钟，到达洛桑，萨马兰奇的家乡。洛桑是国际奥林匹克委员会、奥林匹克博物馆所在地，人们称之为奥林匹克之都，也位于日内瓦湖湖畔。该市一向重视音乐舞蹈，常有音乐会、芭蕾舞会等，所以，又有人称之为文化之都。

在高速路边的大片农田中，不少蔬菜大棚建得很整齐。洛桑郊区，风景亦美。大巴没有进城，而是在洛桑郊外改向东北方向高速行进，领队说，我们要到卢塞恩用午餐。

最美小镇——卢塞恩

我们是在卢塞恩一家名叫美心酒楼的中餐馆用的午餐。

美心酒楼

午餐后，先去观赏卢塞恩著名的“狮子纪念碑”。狮子纪念碑在卢塞恩冰河公园入口处的前面。

卢塞恩是瑞士最美的小镇。这里所谓的“小镇”，不是一般村镇中的小镇，而是带有爱意，对诸城市中最受喜欢的较小一点的城市的爱称。瑞士没有大城市，第一大城市苏黎世也只有30多万人口。卢塞恩大概是瑞士全国第5的小城市。“狮子纪念碑”是卢塞恩十分有名的石雕艺术品，也是国家级的文物。

狮子纪念碑

雕塑家在石壁上雕成如下形象：一支箭深深地射进了雄狮背上，雄狮濒临死亡，显露出痛苦的神情，前爪按着盾牌和长矛，盾牌上有瑞士国徽。

这种纪念碑，是纪念谁、纪念什么呢?

1792年法国大革命，要推翻路易王朝和封建制度。当时法国执政者与瑞士有约定：互相援助。法王请瑞士出兵。瑞士出兵保护法王路易十六及玛丽王后，但被革命军打退，瑞士官兵战死780多人。狮子纪念碑是为纪念这些战死者，意在祈求世界和平。碑的下方，有文字说明此事件的经过。美国小说家马克·吐温赞颂卢塞恩的石狮是“世界上最哀伤、最感人的石雕”。

参观狮子纪念碑后，我们来到卢塞恩有些名气的钟表店门口。大家有两小时自由活动的时间。表店旁边是闻名欧洲的卢塞恩湖，可墙上却写的是天鹅湖。大概是因为有天鹅在湖中觅食戏水，卢塞恩湖也就称天鹅湖了。我走到湖岸边，环顾四周，我仿佛掀起了美人盖头的一角，卢塞恩的美貌显现出小半边脸。

天鹅湖畔

有人说，对卢塞恩的美，要想观赏、感受到大概，可能要到对岸山腰往这边看看，乘游船游一游湖，到街巷中转转，与当地人接触接触，可惜我们没有这么多时间。

美丽的天鹅湖畔

湖中的天鹅等水禽好像不怕人，有人往湖中扔食物，会迅速过来抢食，如够得着，好像可摸摸它们的羽毛。湖水清澈见底，天鹅的羽毛也格外白净。

亲热的天鹅

卢塞恩湖水域连接卢塞恩州等四个州，所以又有四州湖之称，有人认为四州湖这个名字，对它更为恰当。四州湖可是瑞士联邦的发祥地。

市中心有一座斜跨在湖面上的木制长桥，名叫卡贝尔桥，颇为引人注目。这是有名的教堂桥，是卢塞恩地标性的建筑，始建于1333年，为欧洲最古老的木制廊桥。桥长约200米，但不是一座直桥，有两个小的转弯。廊桥内顶上，每隔一定距离，就有一幅彩画，共约有110幅。所有的画均绘制于17世纪，画的内容多为卢塞恩的历史风貌和卢塞恩历史英雄人物的故事。桥旁边的水中，有一个八角形水塔，34米高，公元1300年前后建造，作为瞭望所，是城市防卫设施的一部分。另外，还曾是战时保存战利品及财物的仓库，有一段时间也用作监狱及行刑室。有人做如下描述：水塔与花桥，一个伫立，一个横卧，共同构成绝妙的水塔花桥美景。为什么称为花桥？可能因为桥两侧一米多高的板墙外挂满花，像是花廊。我觉得，桥内顶上画有100多幅彩画，称之为画桥不更贴切吗？

卡贝尔桥1993年8月17日因火灾烧毁一些，水塔未被破坏，现存的卡贝尔桥是火灾后重建和修复的。

卡贝尔桥

从此桥到对岸，爬上山腰看风景，肯定不错，但是没有团友去，一是怕来不及，再是怕太累，也担心走失。大家就决定到街巷里转转。

阿尔卑斯长号

街巷里，有些房子古香古色。走不远，转个弯，发现街边小广场有演出，一些人在吹很长的号，有些学生在表演。我想拍照，可长号，走近了，拍不好，退远了，前面又会有观众挡着镜头，语言不通，无法沟通，我转来转去，被当地观众看出意图，有两位帮忙请挡镜头者让开，我才拍到下面的照片。当地人很友好。

学生若干人站在一块布上，将布的四边提起来，大家抱成一团，喊1、2、3，一同蹦起来，布全部离开地面，离得越高越好。

学生表演

有人说，附近有座教堂，利用星期天搞庆祝活动，请吹长号者和学生来演节目。长号叫阿尔卑斯长号，也称瑞士号角。阿尔卑斯长号已有500多年的历史。最早关于阿尔卑斯长号的文字记载，竟是在1527年卢塞恩州执政贵族的账本上记的一笔账：赠给从瓦莱州来本地用长号乞讨的牧民两便士。

听长号吹奏

阿尔卑斯长号得到了许多作曲家的青睐。著名作曲家李斯特、瓦格纳和普西尼都曾在自己的曲谱中使用过阿尔卑斯长号的旋律。如今，阿尔卑斯长号已成为瑞士不可替代的象征，瑞士还设立了阿尔卑斯长号节，每一两年，会举行一次庆祝活动，由德语、法语和意大利语区的不同山村轮流主办，发扬光大民族传统，也为瑞士的旅游业增添了

与可爱的小宝宝交流

色彩。节日里，长号的表演成为必不可少的保留节目。

16点左右，我们乘游船游天鹅湖。上船时，有人问，为什么称“游船”，而不称“游船”？游船有吃住条件，这种只载游人在河、湖上短程游览观光的船，没有吃住条件。

游船离岸后，放眼四周，卢塞恩的美貌露出来了……

对岸岸边，出现一尊雕像，导游讲解道：“那是民族英雄威廉·退尔的雕像，他就是出生在四州湖畔。这一带的人民曾为反抗侵略者的统治而浴血奋战。”13世纪末，四州湖一带被哈布斯堡的奥地利人所统治。州长格斯勒为了建立他的绝对权威，把一顶帽子扣在一根竖着的竿子上，令经过那里的人，必须向帽子敬礼，违抗者处死。一天，退尔和他的儿子经过时没有理会那帽子，便被士兵抓了起来。格斯勒叫人将一个苹果放在退尔儿子的头上，命令退尔射苹果，一箭射不中苹果就要就地处决。被迫向亲生儿子头上射箭的退尔，暗中多准备了一支箭，他打算如果第一支箭射不中苹果，他就用另一支箭射死恶毒的格斯勒。尽管退尔射中了苹果，但格斯勒觉察到了退尔的意图，立即把他抓起来，亲自乘船押送退尔前往囚牢。行驶途中，遇到了暴风雨。当船靠近一块岩石时，退尔乘机跳到了石头上并一脚把船蹬离了石岸。船被暴风雨带到了别的地方。事后，格斯勒到处悬赏拿取退尔的首级。一天，退尔埋伏在格斯勒经过的路边山坡上，用利箭射死了这个施暴者。后来，退尔又带领人民赶走了哈布斯堡的其他统治者，并捣毁了敌人的巢穴，彻底推翻了侵略者的统治。

战胜了人祸，还有天灾要对付。有一年发大水，山洪冲到他的家乡比格伦镇，一孩子被卷入洪水之中。退尔跳入急流中去救，孩子被救上来，但由于气力耗尽，退尔则被洪水吞噬。

退尔的英雄故事一代一代地流传下来，鼓舞后人为独立自由而不懈奋斗。文学家和艺术家们也根据这个故事创作了不少文学艺术作品，包括外国的一些作家，如：德国剧作家席勒的最后一部剧作便是《威廉·退尔》，意大利作曲家罗西尼创作了有关威廉·退尔的歌剧。

威廉·退尔的雕像

卢塞恩的确很美！有团友说，像我国杭州。上有天堂，下有苏杭，那卢塞恩不就是欧洲的天堂了吗？还有一位说，有的方面，比天堂杭州还要美，比如东南边，能见到终年不化的雪山，再者，湖水水质也比西湖好，而且到处都清洁、宁静。可能是人口太少的缘故。

天鹅湖湖岸景致

乘坐游船

知情人说，世界各地的著名人士有不少曾在卢塞恩生活、居住过。如，托尔斯泰、尼采、叔本华、司汤达、雨果、马克·吐温，等等。不少文学家为卢塞恩留下了赞誉之词。雨果于1840年第一次来到卢塞恩，就被这里的景色吸引住了，他说：“这是万能上帝创造的最卓越事物的最和谐的组合，这是大自然难以描绘的伟大演出。”旅游者在这里看到的是一个景观，思想家在这里看到的是一部大书：每块岩石都是一个字母，每片湖水都是一个句子，每个村庄都是一个重音号。

较古老的五星级酒店

傍水依山的高尔夫球场

大仲马说："卢塞恩是世界上最美的蚌壳中的珍珠。"列夫·托尔斯泰说："卢塞恩的这片水，这群山，这蓝天，给我的是那样强烈的美的刺激，我全身蔓延着神秘的焦虑，某种杂乱的、不可名状的感情，以致使我想抱住她，紧紧地抱住她。"

团队里有几位年轻一些的团友，开朗热情，指导大家摆姿势，帮助大家拍照留念。

游船上合影

游湖结束后，我们告别卢塞恩，前往铁力士山……有团友说，舍不得离去。有人开玩笑回应："我国有人在卢塞恩长住，舍不得离去，就留下找他们去。"大家都愉快地笑了起来。

登铁力士山

告别卢塞恩，已是下午5点多了。我们先去用晚餐，然后登车前往铁力士山山脚的英格堡镇入住，第二天一早再上山。到达英格堡镇，天还没有黑，有团友赶紧去街上看看。因第二天一早就要动身，我要抓紧时间给电池充电。过去有过教训：第二天早上，领队都喊登车了，可充电器的指示灯还是红的。

入住的酒店，比较高级。据说是德国一贵族的度假别墅，现在的老板还是德国人。卧室很整洁，落地窗外是阳台，空气清新。站在阳台眺望，可知小镇的房子依山势而建，有的街道有坡度，房子古色古香，很美。在德文中，“英格堡”是“天使之村”的意思，从这名字，就不难想象这里的景致有多么动人。12世纪在这里建成的修道院，在当时有一定名气，目前院内还收藏有瑞士最大的管风琴。

入住此酒店

酒店阳台外的风景

早餐是自助餐形式，花样虽不算多，但可口实惠。早餐后，我尽快将行李放到门口，趁大家还没有到齐，赶紧上街看一眼。小镇不大，但相当古老。有火车站。瑞士百分之六七十的土地在阿尔卑斯山上，有许多条铁路在山上穿来穿去，也可说爬来爬去，有的就称登山铁路。据说，在此下火车者，多是去登铁力士山的，从这里若步行至上山的缆车站，只要二三十分钟，景区还有免费班车接送游客……

古香古色的建筑

大巴停在缆车站门口的停车场。我们乘缆车上山，大约要50分钟。上山的缆车线路分为3段，需要更换三种不同的缆车车厢。从英格堡缆车站上山的第1段，是定员6人的小车厢，车厢外画有一些国家的国旗。我们虽分坐六七节车厢，但没有碰上画有我国国旗的。下山时，才看到画有我国国旗的车厢。

第2段缆车车厢，长方形，每节车厢定员20人。有团友说，这种缆车车厢，有点像重庆跨江缆车的车厢。

缆车厢下面是登山火车的铁路

画有中国国旗的车厢

第 2 段缆车的长方形车厢

上山缆车第2段终点，是施坦德村。施坦德村是前往铁力士山山顶的中途站，在此换乘世界首创的360度旋转缆车，登上海拔3020米高的山顶，欣赏四周壮丽的雪山、冰河等景致。铁力士山是一年四季皆可滑雪的胜地。旋转车厢每节定员80人。

360 度旋转车厢

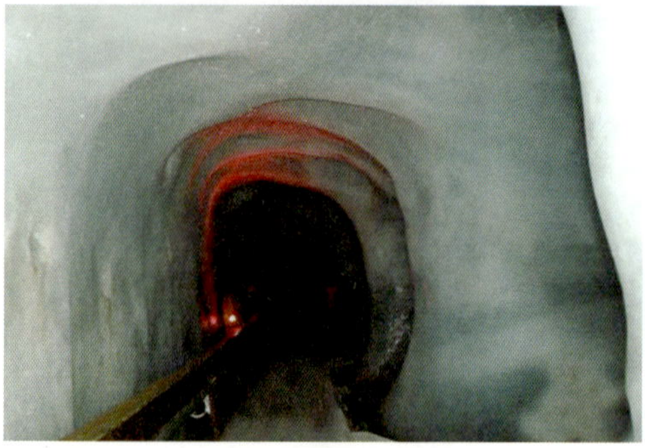

冰洞

旋转车厢一启动，就开始旋转，转到360度，也就到达了山顶。车厢内没有座位。窗口外有铁柱，站在窗口的，伸手握住它，站得更稳。由于窗外的铁柱是不转动的，里面车厢虽转动，但不快，轻易觉察不到。缆车登山过程中，雪山风景着实壮观。

到达山顶后，我们在室内稍事休息，穿戴暖和，去观赏体验冰洞的奥妙。

冰川源头的一座冰山，人工凿进通道，从冰山的这一边通到另一边，两边的口就是冰洞。我认为可理解为“冰山隧道”。隧道边上装有牢固的扶手，有微弱的照明设备，红色的光有点像张开的血盆大口。冰洞有的地段的道旁在冰壁凿出一个空间，供游客在那儿拍照，有的可能是打算在那儿放一尊冰雕。冰洞有150米长。因洞内光线很弱，像我这样视力差的，走起来比较困难，只好一手摸着冰壁，一手放在额前，防止头特别是眼镜碰着什么。脚下有些滑，怕滑倒。心里又怕跟不上前面的人，因为紧张，不但感觉不到冰洞里冷，反而觉得有点热。

走出冰洞，宽敞的观景台显现眼前，站在台边环视四周，银装素裹，美不胜收，往台外走走，视野更开阔。

山顶雪景

观景台上有供游人拍穿滑雪服的设备，不少人在拍照。我们也去拍一张。大家约定，一小时后回到室内休息处集合。

穿滑雪服的照片

铁力士山滑雪场，是瑞士上好的滑雪场之一，最长的滑雪道落差有1000多米，很陡，几十秒钟，就滑到底，如飞一样……

原以为铁力士山山顶会很冷，我们穿得厚厚的，捂得严严的，到了这里，才感觉并不冷。可能是因为5月9日这一天有太阳，又不刮风，天气格外好。

在山顶平台合影

我本想去攀登瞭望台，因雪地很滑，不敢走。正打算以瞭望台为背景拍照，这时候来了一些年轻人，也要在那地方拍照，他们动作快，姿势都摆好了，我们退到一边。他们拍完，我以手示意一起拍照，我们友好地一起拍下照片。

和年轻人合影

和印度一家合影

两位可爱的小朋友笑眯眯地在旁边看我们拍合影，我问其父母可否一起拍照，他们友好地表示可以。大家都很愉快。据说，前几年，铁力士山等景点的游客，多是美国人和日本人，现在中国人和印度人也多起来了……

瑞士——世界的公园

游过铁力士后，领队唤我们下山。

山间乡村

上山时，看到有些山体的山腰一带，有山村，村子一边有茂密的森林，一边有大片绿得诱人的牧草地，坡度不大，向远处伸展，几头牛徜徉在房前屋后。有的房屋旁边，还有不大不小的湖泊或小河。山间田园，真美。

山脚下的村镇

瑞士国土的三分之二在阿尔卑斯山，另外三分之一，大部分是在西北的汝拉山和中部的伯尔尼山，只有东北角不多的土地不在山上，因此，瑞士被称为山中之国，简称“山国”。欧洲4000米以上的山峰，绝大部分在瑞士境内，瑞士国土平均海拔1300多米，瑞士被誉为“欧洲的屋脊”。瑞士又是欧洲大陆莱茵河等三大河流的发源地，因而又有“欧洲水塔”之称。瑞士全国总面积只有41285平方千米，竟有1480多个湖泊。瑞士的湖光山色，造就该国风景如诗似画的山村、城镇比比皆是。所以，人们称瑞士为花园。早在以马、马车代步的年代，欧洲特别是西欧和北欧的权贵们，就以能到瑞士来度假为荣、为高贵。如今，世界各国都看好瑞士。而瑞士，也是谁来都欢迎，只要遵守瑞士的法律。是故，瑞士又被誉为“欧洲公园”“ 欧洲花园”“世界公园”“世界花园”。

瑞士国土不大，人口也只有813万（其中还有约26.5%是外籍人）。瑞士能成为世界公园，自然条件只是原因之一，人为的作用、社会的因素，可能更重要。

瑞士成为世界花园，和瑞士治水、治河工作做得好有关。800多年前，该地区雨季山洪成灾，旱季生活用水稀缺。800年前，当地人将河分段、分级筑坝，拦河蓄水，并横向开凿水渠，将水横向分流，既防止或减轻山洪之灾，更使旱季有水可用，后来，还用来发电。由于有水可灌溉，烟叶、葡萄、牧草等得到很好的发展。150年前，英国人发现阿尔卑斯山山腰地带，既有广阔较平坦的山地，又有足够的水可种草，就在此建成世界一流的高尔夫球场，即坐落于阿尔卑斯高原上的克莱恩–蒙塔纳球场。该球场全长5353米，标准杆72杆，是瑞士最好的球场，人们称之为“被阳光照射时间最长的地方”。这里也是欧洲空气最纯净的地方，因此被称为“滑雪与高尔夫爱好者的天堂”。

克莱恩–蒙塔纳，自维多利亚时代以来，一直是欧洲著名的度假区，湖光山色，景致迷人。有了欧米茄等名表之后，每年9月，这里都会举办欧米茄欧洲高尔夫球精英赛，这更令克莱恩–蒙塔纳名闻世界。

如今，阿尔卑斯山已有若干座一流的高尔夫球场。世界各地高尔夫球的爱好者都以能到此打球为快。阿尔卑斯山，树高，林密，鸟儿在歌唱，松鼠时而在草地上窜行，时而灵巧地在树上跳跃攀爬。幸运的话，还能见到海狸、野鹿。在阿尔卑斯山挥杆，一定是特别的享受吧。

瑞士成为世界公园，山区交通建设、管理得很好、很现代化，也是很重要的条件。山区建设现代化交通网，难度大。瑞士开凿了许多公路、铁路隧道。几千米、十几千米甚至几十千米长的隧道都有。瑞士建设了许多公路、铁路桥，特别是他们建成了很有特色的齿轨轮火车，我称之为爬山火车。最大倾斜坡度高达48%，平均每前进1000米，其垂直高度会上升420米，最大的差距则达480米。铁轨带齿，称齿轨，火车的铁轮带齿轮，称齿车轮，齿车轮向前一转动，火车就向上爬。当然，登山也有普通铁轨的火车，以“之”字形盘绕上山。此外，瑞士还有各种缆车。总之，虽然山既多又高，但现代化的交通网使得进山出山非常方便，还能观景。有的火车就直接叫观景列车。

齿轨轮火车

环保做得很好，也是一个条件。从政府官员到普通百姓，环保意识都非常强。环境保护有严格的立法。例如，瑞士明文规定，谁伐一棵树就得种一棵树，乱砍伐者要受到法律制裁。不管是城市还是乡村，不允许有一块裸露的土地，都要有绿地植被覆盖。即使是正在施工的工地，也要临时用帆布围起来，不让尘土飞扬。未经处理的污水，不得排放到河、湖中。凡污水，都要经过处理，循环使用。为减少污染，瑞士5300千米的铁路线，全部采用电气化，城市大力发展有轨和无轨电车，近年来还推广了电瓶车等交通工具。宾馆、饭店、办公楼、私家住宅，未经特别许可，不得安装空调，提倡自然通风或使用电扇。游客上雪山或其他林区旅游，要自带背包或手袋，将喝完的矿泉水瓶或野餐后的垃圾背下山，投入垃圾箱里。因此，瑞士的旅游景点，即使游客十分拥挤，人们离去后也看不到杂乱无章的景象；河、湖里，几乎看不到杂物漂浮，水总是清澈的。

瑞士能成为世界公园，也有历史、社会、政治的原因。公元3世纪阿勒曼尼人（日耳曼的一个部落）迁入瑞士东部和北部，勃艮第人迁入西部并建立了第一个勃艮第人的王朝。公元11世纪被神圣罗马帝国吞并。1291年8月1日，卢塞恩湖（四州湖）附近的乌里、施维茨和下瓦尔登三个州在反对哈布斯堡王朝（神圣罗马帝国在此的地方政府）的斗争中，秘密结成永久同盟，此即瑞士建国之始。渐渐地，卢塞恩州也加入同盟。四州湖是瑞士联邦的发祥地。1648年，瑞士宣布独立，奉行中立政策。8月1日为国庆日。1798年，瑞士被拿破仑一世侵占，将其改为“海尔维第共和国”；经抗争，1803年，瑞士恢复联邦。1815年，提请维也纳会议，确认瑞士为永久中立国。1848年，瑞士制定宪法，设立联邦委员会，从此，瑞士成为统一的联邦制国家。

瑞士是联邦制国家，全国由苏黎世、伯尔尼、卢塞恩、日内瓦等23个州组成。州是主权州，各有自己的宪法。那联邦委员会是怎么产生的呢？瑞士的政治制度很有特点。其最高立法机构是联邦议会。联邦议会，由具有同等权限的国民院和联邦院组成，只有两院取得一致，法律或决议才能生效。联邦院，由每州民选出两名联邦院议员，共46人组成；国民院，由全国公民选出200人组成。两院议员选出7人组成联邦委员会；7名委员，分别兼任7个部的部长。设主席和副主席，由联邦委员轮任，任期1年，不得连任。瑞士的行政分为三级，即联邦、州、市镇。各州虽有自己的宪法，但要遵循联邦宪法。

日内瓦湖和湖中喷泉

第一、二次世界大战，因中立，瑞士没被战争波及，所以日内瓦有“和平之都”的美称。这里的民众也比较平和、不排外。两次世界大战，许多国家都受到严重的破坏，损失惨重，而瑞士不但没有受到任何破坏，还能安宁地、更好地进行现代化建设。

瑞士人大部分是德国、法国和意大利人，他们不在本国住，而来瑞士生活。德、法、意人来到瑞士，初时因语言关系，同一语种，多住在同一村镇或地区，从而形成德语区、法语区、意语区。交往多了之后，相互融合，瑞士人中，有许多人会德、法、意、英等三四种语言。

瑞士社会比较安定。瑞士的工业资源不多，而第一、二次大战的参战国又需要大量工业资源，瑞士就选择消耗资源少的项目去发展，如研制以钟表为代表的高精尖的精密仪器，其出产的高级手表享誉全球，成为其经济的一大支柱。瑞士被誉为“钟表王国”。另一支柱是旅游观光业。瑞士利用中立国银行较安全的优势，大力发展金融业，采取一些有利顾客存、取款的措施，如对顾客信息严格保密。据说，瑞士银行吸纳了全世界资金的三分之一。瑞士金融业亦是其经济的一大支柱，有“金融帝国”之称。瑞士最大城市苏黎世，虽然只有40多万人口，却是世界金融中心之一。苏黎世也是很美的城市，是宜居的城市。

苏黎世一角

有人说，瑞士那样富有，而且是中立国，不用花很多钱去搞国防建设、不用养许多军人保卫国家，所以才那么富有。

实际上，瑞士很重视国防，瑞士联邦宪法规定，健康男性人人都要服兵役，接受国防教育，经受军人生活的考验，掌握军事技能。复员后，一旦国家需要，召回编队，立即投入战斗。第二次世界大战时，比利时不也是中立的吗，希特勒出于需要，不管中立不中立，首先攻入比利时，然后通过比利时，去进攻法国防备较差的比法边界，一下就占领了法国。1798年，拿破仑也不管瑞士中立不中立，而侵占了瑞士。所以，虽然是中立国，也要重视国防教育、国防建设，也要有有一定实力的国防军。

5月9日，领队告诉大家，午餐后我们将离开瑞士，经列支敦士登边界和奥地利西北角边境朝德国的慕尼黑方向行驶，在慕尼黑停留一天，前往奥地利的萨尔茨堡。

奥地利篇

哈尔施塔特镇

萨尔茨堡

5月10日，我们从德国慕尼黑驱车两个多小时，前往奥地利共和国萨尔茨堡州的首府萨尔茨堡市。萨尔茨堡也是很美的城市，被萨尔茨河分为南城和北城。

萨尔茨堡市一角

我们先到南城17世纪建的米哈贝尔花园游览。大巴停在米哈贝尔花园附近，我们从西门进园。有人说，米哈贝尔花园现在是私家花园。

米哈贝尔花园大门

一个私家花园如此之大、之美，简直令人震惊。东西两边，有的地段有林荫道，道边有五彩缤纷的鲜花，特别是西边，墙上还爬满藤萝，幽香四溢，在旁边道上闲步，心旷神怡。有的路边有不少人物雕像。

园中雕像

高墙里面花木繁茂，美不胜收。道边人物石雕，艺术水平都不低。什么样的主人能建造这样的花园?

据说，此花园是1606年大主教沃尔夫·迪特里希为他的情人意大利美女建造的，花园边还有一座宫殿，当时就以这位美女的名字命名：阿尔滕奥宫。

沃尔夫·迪特里希的继任者马尔库斯·西蒂库斯，为了抹去这段不光彩的故事，将其改名为米哈贝尔宫。米哈贝尔，意大利语是“惊人的美丽”之意。阿尔滕奥不过问政治，为大主教生了15个孩子，其中10个活了下来。1612年，沃尔夫·迪特里希被用强制手段免职，而后被关在要塞中，直到死去。

米哈贝尔花园大门正对着北城大主教的住处、大城堡和大教堂，不是巧合吧？这个问题没有人解答。

米哈贝尔花园

米哈贝尔花园是电影《音乐之声》的拍摄地之一。1965年，《音乐之声》在萨尔茨堡与附近的景区拍摄。其故事是根据一个萨尔茨堡修女的真实经历改编的，主人公的名字是玛丽娅·冯·特拉普，她被派到一个奥地利军人特拉普男爵的家庭，照料7个失去母亲的孩子。玛丽娅和孩子们组成了一个家庭合唱团，在奥地利巡回演出，她与特拉普男爵相爱并结婚。二战爆发后，他们一家经历千辛万苦，凭借着唱歌，逃离了德国纳粹占领下的奥地利。影片获得了同年10项奥斯卡提名，最后获得包括奥斯卡最佳影片奖和奥斯卡最佳导演奖在内的5项大奖，成为全世界著名的影片之一。

萨尔茨堡老城一角

导游通知，步行过桥去北城参观，北城不让大巴开进去。

北城街道、广场都十分干净，没有见到大巴之类的汽车，有小轿车和许多古香古色的马车。大体看，萨尔茨堡的建筑式样分为罗马回廊式和早期哥特式两种。也有人说，分为巴洛克式和哥特式两种。建筑技艺超群，特别是老城（即北城），可与意大利的威尼斯和佛罗伦萨媲美，被誉为“北方罗马”。1997年，萨尔茨堡作为历史悠久的老城被联合国教科文组织列入世界文化遗产名录。

老城建在要塞山上的大城堡霍亨萨尔茨堡（简称大城堡），是萨尔茨堡地标性建筑，始建于1077年，至今近1000年，其间，经过几次扩建，成为长250米、宽150米的中欧地区现存规模最大的古城堡。其外观大体上仍保持了当时的原貌，可谓是保存最完整的古城。

霍亨萨尔茨堡

大城堡地势险要，坐落在穿城而过的萨尔茨河河口，镇守奥地利的西大门。大城堡外观雄伟，构造坚固，从未被外敌攻陷过。城堡内，有多栋建筑，有街道、城堡花园等，还有防御工事、兵营、政要（包括大主教、主教）临时住所、举行盛大仪式的大厅、兵器馆、监狱等。政要住所和举行盛大仪式的大厅，富丽堂皇，复杂的哥特式木雕和装饰画点缀其中。

从1892年开始，人们可以乘缆车上去参观。如今，城堡花园、城堡塔楼、主教房间、城堡里的军团博物馆、木偶博物馆、声音与视觉展示馆、琥珀工艺馆、画廊、酷刑室等，均对游人开放。参观内部时，游客可使用备有8种语言的语音导游器。城堡里的音乐厅，可谓是中世纪浪游客可使用漫的庭院，那儿经常举行艺术活动,比如城堡音乐会。我们没有上城堡内部去参观，主要是会增加经费和时间……

大城堡下面的修道院，是《音乐之声》拍摄地之一。

大教堂

上图圆形屋顶的建筑是萨尔茨堡大教堂，很有特色。大教堂始建于8世纪，历经扩建以及火灾后重建，于17世纪初落成，为奥地利著名的意大利式建筑。其建筑风格与罗马圣彼得大教堂相同，有大理石砌成的双塔和许多精美的雕刻。

大教堂附近有一座黑圆顶的建筑，是圣佩塔修道院。该修道院建设的年代更早，始建于8世纪前后，是奥地利最古老的修道院。

我们有一个多小时的自由活动时间，想去大城堡看看。导游说，没有半天时间，赶不到上面，一到上面也没时间参观，得立刻返回集合。我们只能在大教堂、教堂广场及附近游览。

大教堂门口

教堂大厅

游客面对教堂门，从左至右，能见到门上有如下3组数字：773、1628、1959。这是3次落成的时间。公元773年，初建落成；1628年，火灾后重建落成；1959年，第二次世界大战时教堂部分受损，修复落成。

教堂里的管风琴历史悠久，是管数较多的管风琴之一，据说莫扎特曾经使用过。在莫扎特担任宫廷管风琴师和音乐会大师期间，他创造了很多不朽的宗教音乐。

莫扎特广场上的莫扎特铜像

广场附近，很少见到当地人，也没有商摊。有团友想买瓶矿泉水，转来转去，没找到。

广场上的马车和女驾车手

教 堂

萨尔茨堡只是奥地利共和国继维也纳、格拉茨和林茨之后的奥地利第四大城市。这样一个小城市，为什么能有如此壮美的建筑，并成为大主教的驻地呢？还有，萨尔茨堡位于奥地利中部，但是，却被称为奥地利的西大门，这话怎么理解？了解这座城市的地理和历史将有助于解答上面这些问题。

萨尔茨堡市位于奥地利西北角边界，与德国巴伐利亚州（首府是慕尼黑）交界。以马和马车代步的年代，河流航运是十分重要的交通工具。萨尔茨河穿城而过，流入与巴伐利亚州的界河因河，因河是萨尔茨堡北面多瑙河的支流，因此，萨尔茨堡交通方便，西北欧特别是西欧，要到奥地利或以东的匈牙利等东欧国家去，需要从萨尔茨堡进来，因此说萨尔茨堡是奥地利的西大门。奥地利最西边的村镇是布雷根茨，它在萨尔茨堡西边两三百千米，为什么不从那里进入奥地利？布雷根茨至萨尔茨堡的两三百千米，是阿尔卑斯山山区，有海拔2000多米甚至3000多米的大山挡在那儿。

萨尔茨堡市附近有盐矿，很早就有当地人在开发。“萨尔茨堡”德语Salzburg，意为“盐堡”，这个名字便是因附近的盐矿、盐业而得名。穿城而过的萨尔茨河也因运盐而得名，人称萨尔茨河为盐河。大主教深谙经营“白金”（盐业）之道，垄断盐的销售，这是萨尔茨堡教会的重要收入。盐的贸易，奠定了萨尔茨堡繁荣的基础。没有盐业

萨尔茨堡全景

和盐河，就不会有美丽富有的萨尔茨堡，这里更不会升格为大主教的驻地。

历史上，以萨尔茨堡为核心的这一带，曾是法兰克王国、查理曼帝国、东法兰克王国、神圣罗马帝国的领地。739年，萨尔茨堡成为主教的驻地。774年，萨尔茨堡大教堂初建落成，查理大帝于798年提出将萨尔茨堡升格为大主教的驻地，几乎管辖整个老巴伐利亚地区，即下巴伐利亚、上巴伐利亚、上普法尔茨和如今奥地利的大部分地区。萨尔茨堡在神圣罗马帝国时期，是政教合一的独立的大主教区，大主教是这里的最高统治者。

1803年，神圣罗马帝国通过法律，实施政教分离，萨尔茨堡大主教才失去行政统治权。1805年年底，拿破仑军队到达奥地利，萨尔茨堡最后一任大主教被罢免。但萨尔茨堡市和萨尔茨堡州仍然是很重要的地区，德国想要，奥地利更是不肯放弃。1816年维也纳会议后，萨

尔茨堡归奥地利。

萨尔茨堡市，是奥地利管辖地域内历史悠久的城市之一，旅游资源丰富。为了纪念著名音乐家，这里每年都会举行盛大的音乐会，世界各地会有许多人来参加；南边有3700多米海拔的高山，有世界一流的高山滑雪场，每年会有许多滑雪爱好者来滑雪；东边有著名的湖泊风景……据说，每年旅游业的收入，占本地区生产总值的很大比例。

主教府的巴洛克式喷泉

领队通知去参观莫扎特的故居。故居在粮食胡同9号。粮食胡同是萨尔茨堡老城著名的步行街。之所以出名，就是因为莫扎特于1756年1月27日出生在这条街上的9号。莫扎特一家在这里一直生活到1773年，之后才离开萨尔茨堡去了维也纳。现如今，莫扎特出生的楼房是莫扎特博物馆，游客络绎不绝。

粮食胡同 9 号

莫扎特博物馆门前

我们当晚入住萨尔茨堡东城边一家不错的酒店，以便第二天能早一点到达萨尔茨堡市东边著名的湖泊景区参观，电影《音乐之声》和《茜茜公主》有的镜头是在那儿拍摄的。酒店干净整洁，窗外风景不错。

入住酒店

酒店窗外风景

萨尔茨卡玛古特

萨尔茨卡玛古特地区被认为是世界最美的湖畔小镇所在地。11日一大早，我们离开萨尔茨堡市去该地区。大巴向东行驶了一会儿，我透过车窗，见到群山中形状各异的湖泊。领队说："我们到达萨尔茨卡玛古特地区了。"这一带有70多个湖泊，人们称之为"湖区"或"湖泊区"。湖光山色，风景很美。近几十年来，名声越来越大，据说与两部很好看的电影《音乐之声》和《茜茜公主》有关，电影的有些镜头是在这里取景的。

湖边风景

这里的湖边小镇真是美如画。有不少牧场，牧草也格外绿。湖区经几十年治理，凡污水都经过净化处理才流入河湖中。湖水都是饮用水，可在湖中游泳戏水，但不可在湖中洗澡。

湖边民居

湖边小镇和牧场

如此山林环绕、草地碧绿、湖水清澈的美境，《音乐之声》中的玛丽娅来到此地，情不自禁地又歌又舞；无忧无虑的少女茜茜公主呢，在湖边草地上，策马飞驰……

《音乐之声》剧照

《茜茜公主》剧照

我们也在此拍张相片吧，但团友们四处散开了，没有人帮忙拍照。有的团友在拍山间别墅，有的在拍湖边民居。这里的草地是可进去坐一坐的，那就在草地上坐一会儿，等大家回来再拍合影。

湖区民居依山势而建

在草地上坐一会儿

过了一会儿，导游唤大家登车，准备去沃尔夫冈湖。特劳恩湖、阿特湖、月亮湖和沃尔夫冈湖，被认为是景致非常优美的四大湖。沃尔夫冈湖是湖区很有名且最受游客喜爱的湖，沃尔夫冈湖湖畔小镇，也很美。

在沃尔夫冈湖畔

我们的大巴停在沃尔夫冈湖湖畔一个小镇中的广场。电影《音乐之声》开场时看到的宝石蓝色的湖泊，即是沃尔夫冈湖；《茜茜公主》中，茜茜与弗兰茨约瑟夫皇帝邂逅的地方，即在此湖边。

大巴停车处

团友们有的到镇里去看看，有的去湖边。我问知情人，茜茜与弗兰茨约瑟夫皇帝邂逅的地方在哪儿，他笑笑说，你们不是都看过《茜茜公主》吗？到湖边去找找看。

湖边民居或别墅

沃尔夫冈湖相当大，湖长10千米，宽2千米，最深处约114米。湖畔有长长的林带和绿地，周围被茂密的林带、绿地和陡峭的群山环抱着。湖的北部是沙夫山，北部和西北部因为岩壁陡峭，人迹罕至。要在湖边找茜茜与弗兰茨约瑟夫皇帝相遇的地方，找得到吗？

湖边小屋

沃尔夫冈湖湖畔的圣季尔根村，是莫扎特母亲安·玛丽娅·佩尔托的出生地。沃尔夫冈湖名气大，与之应该也有关系。不过我们没有找到电影中的邂逅之地。知情人说，电影拍摄地在临湖的树林之中，秋天简直绝美，不过你们要去那里，至少要半天时间，而且还不一定能找得到。

领队通知我们登车去东边一中餐馆用午餐，然后到梅尔克镇乘游船游多瑙河。哈尔施塔特镇还没有去，怎么就要离开湖区？领队说，哈尔施塔特镇在南边，离这里有几十千米，不顺路，如果去哈尔施塔特镇，当天赶不到维也纳过夜，第二天就天赶不到意大利。导游说，他可以像介绍大城堡那样，给大家讲讲哈尔施塔特镇。

哈尔施塔特镇位于达赫泰因山，附近山中有盐矿，所以哈尔施塔特镇也称“盐矿宝地”。哈尔施塔特意为“铁器时代早期”之意。哈尔施塔特镇，可理解为铁器时代早期就有居民的村落或地区。人们在达赫泰因山地区，挖掘出采盐者的衣物和采盐工具还有其他生活用品等，经检测，是铁器时代早期的物品，是十分珍贵的文物。这证明早在2500年以前这里就存在着相当发达的达赫泰因山文化，同时确定此处为欧洲铁器时代的发祥地。

萨尔茨卡玛古特是德语“Salz”（盐）和“Kammergut”（皇家领地）的组合，意思是说，该地区，即特劳恩湖（Traunsee）和哈尔施塔特盐矿区是皇家领地。

因为盐矿的发现和发掘，才有既古老又殷实美丽的哈尔施塔特镇。不光是哈尔施塔特镇得益于盐矿，萨尔茨堡也受惠于盐业，甚至，德国慕尼黑的经济也因收取过往盐商的税金而得到更快发展。萨尔茨卡玛古特地区的哈尔施塔特达赫泰因山的文化景观，1997年被联合国教科文组织列入世界遗产名录。

哈尔施塔特镇优美的自然景观、精致的建筑群和达赫泰因山珍贵的铁器时代早期的文物等，使得萨尔茨卡玛古特地区特别是哈尔施塔特镇，成为旅游胜地。

多瑙河瓦豪河谷

大巴离开湖区，向东北方向快速行驶。导游说，我们要尽快到用午餐处用餐，然后按约定的时间，及时赶到梅尔克镇码头登游船，船不等人。

10世纪，从巴伐利亚来到梅尔克一带的贵族巴奔堡家族，首选梅尔克为定居地，在多瑙河岸边的一座山上，建起一座城堡。11世纪，该家族势力扩大，迁往维也纳，于是将这座城堡送给当地天主教本笃会。本笃会将城堡改建成修道院，称梅尔克城堡修道院，或称梅尔克修道院。该城堡建得相当精美。站在修道院平台上，俯瞰多瑙河，来往船只和两岸壮观景致，尽收眼底。修道院图书馆藏书达9万余册。馆内装饰得也十分豪华。欧洲许多修道院多有图书馆。梅尔克城堡修道院的图书馆藏书量位列前几位。

梅尔克镇有很多看点，其中有很著名的瓦豪景区。不过，我们的行程表里并没有瓦豪。团中的知情人微微一笑，给我详细讲解起来。

梅尔克修道院

沃尔道夫村出土的两万年前的石雕人像

瓦豪地区指的是梅尔克到克雷姆斯这一段约30千米的多瑙河流域。多瑙河两岸的自然景观和人文景观融为一体，景致壮丽，瓦豪河谷这一河段的风景，犹具代表性、独特性。绮丽的河沿风光，如诗似画的村落，充满浪漫色彩的城堡（有的已是废墟，有人说，正因为是废墟，更有观赏感）和一片片郁郁葱葱的田园，美不胜收，两岸充满神秘色彩……

瓦豪区沃尔道夫村出土过一座石雕女性像。石雕人像出土前，文化界特别是石雕艺术界，认为石雕艺术只有几千年的历史。沃尔道夫村出土的石雕人像，经检测，确定是2万年前至2.5万年之间的作品，它的出现将人类石雕人像史推至2万多年前，令全球文化界惊叹。从此，奥地利沃尔道夫村以出土此旧石器时代文物而闻名世界。这件文物被称为“沃尔道夫维纳斯石灰岩雕像”，只有11厘米高，雕像现陈列在维也纳自然史博物馆。

沃尔道夫一带是一个什么样的地方呢？2万多年前就有人在此生活，而且在此生活的人有如此高超的石雕技艺，他们是一群什么样的人啊？其后代还在这里生活吗？人们，特别是文化界人士，想必都想至此看看吧！游客来的话，一般是先到梅尔克镇，再乘船去参观。梅尔克镇因此有班船供游客用。

瓦豪地区因有旧石器时代的文物、几座壮观的城堡、几处建筑精美的修道院以及葡萄园等田园景观，被统称为瓦豪文化区，2000年，被录入世界文化遗产名录。

多瑙河是欧洲仅次于伏尔加河的第二长河，它发源于德国西南部

瓦豪景区

黑森林山东麓海拔670多米的地方，自西向东流经奥地利、斯洛伐克、匈牙利、克罗地亚、塞黑、保加利亚、罗马尼亚、乌克兰等9个国家，流入黑海，全程有2800多千米长。多瑙河流经如此多的国家，堪称是一条国际河流，流经地形十分复杂，不仅景致美，对欧洲来说，作用巨大。多瑙河流经的瓦豪河谷只不过30来千米，就已经能看到其景致十分壮观了。

如今的多瑙河四通八达，丰富的水电资源得到利用，并给两岸提供大量生活用水和农工业用水，两岸景致也优美，旅游资源丰富。但是从前，多瑙河可不是这样的，不仅上游不能全线通航，中下游都不能全线通航，更不用说四通八达了。

多瑙河从发源地到黑海入海口，直线距离不过1700千米，而它全程却有2800来千米，说明多瑙河弯曲得很特别。这是因为多瑙河形成之初，欧洲大陆是星罗棋布的盆地，盆地里的河流经过长年累月的侵蚀切割，形成单一的水系。多瑙河由一个个单一的水系连接而成，所以绕来绕去。而多瑙河的水量分布极不均匀，有的河段干涸无水，而有的河段水深超过50米。雨季，洪水泛滥成灾；旱季，干涸无水。所以，在经过彻底治理前，多瑙河的中下游无法实现全线通航。

多瑙河是怎么治理的呢？在中上游，特别是上游，分段、分级筑坝拦洪、蓄水，诸多高百米的堤坝，形成许多蓄水库，有的几乎就是一个人造湖，能储存很多水。这样，既能消除或减轻洪灾，旱季又可放水供使用。要实现全线通航，还要有一些配套工程。如河床偏高者，要适当凿低；河堤偏低处，要适当加高加固，防止河水外溢；河床有漏水裂缝处，要填缝补漏；河流落差过大处，水流湍急，要筑坝提高河水深度，除德国境内上游18级是单纯发电工程外，多瑙河干流上其余20多级都是航电结合的综合利用工程，都要建双线船闸，让船只通过船闸上行或下行；河床过于弯曲处，适当处理，如改道拉直或在弯曲处扩大水面……总之，为了保证河水有一定深度，使一定吨位的船只能通航，需要如何处理，就做相应的处理。

开凿运河，将有关水系连接起来，是很重要的工程，特别是莱茵—美因—多瑙运河，将莱茵河和多瑙河连接起来，意义重大。

治污也是重要的工程，而且难度大。多瑙河和莱茵河一样，曾被污染的鱼都见不到了。多瑙河沿岸有关国家成立治污机构，其被授予权力，哪个国家将未净化的污水排入水中，就会被重罚。如今，鱼又多起来了，山更青，水更秀，两岸美如画的景致，比比皆是。

“蓝色多瑙河”的颜色真的是蓝色吗？实际上，多瑙河不总是蓝色，准确来说，有代表性的蓝色很多时候并没有，偶尔有的话，时间也很短。多瑙河水色一年多变。有人做过统计，多瑙河约有两个月是浊黄色的。法国著名的科幻小说家儒勒·凡尔纳写有一部名叫《美丽的黄色多瑙河》的作品。他说，我也愿将多瑙河描绘成蓝色的，可是河水卷带了两岸冲积平原的泥土，因此它不可能蓝色的。据统计，除上述浊黄色，多瑙河约有9个月呈宝石绿等多种绿色，还有约1个月，呈铁青色；唯独没有真正的蓝色。多瑙河水色多变这种神奇的现象，经地理学者们考察，得出如下结论：可能与河流的曲折多变、流经地区土质酸碱度的不均有关；上游渗漏的水从下游流出，这样河水中混杂着大量的地下物质并发生复杂的化学变化；再者，水深的差异、大气和光线折射条件不同，也会引起河水颜色的多变。不过，如今，各水系连成统一运输网，河水水色多变的情况已不明显了。

匈牙利诗人贝克普在他的诗中有这样的诗句："你多愁善感，你年轻、美丽、温顺好心肠，犹如矿中的金子闪闪发光，真情就在那儿苏醒，在多瑙河旁，美丽的蓝色的多瑙河旁。香甜的鲜花吐芳，抚慰我心中的阴影和创伤，不毛的灌木丛中花儿依然开放，夜莺歌喉啭，在多瑙河旁，美丽的蓝色的多瑙河旁。"音乐家施特劳斯受这首优美诗歌的启发，将他一部作品取名为《蓝色多瑙河》。这首乐曲的全称是《美丽的蓝色的多瑙河旁圆舞曲》。《蓝色多瑙河》是典型的三拍子圆舞曲，节奏明快，优美动听，常在舞厅、舞场播放。爱跳舞的人一听到这乐声，会情不自禁地舞起来。

多瑙河

我们登船后，船上几乎已坐满人，看来我们是最后一批登船的。二层甲板上还有空座位，面对船头，右侧有几个位置无人坐，我们便在那里坐下。这里视野开阔，我打算拍照，旁边几位往一边退，让出较大的空间。我向她们致谢，发现有几位是黄皮肤、黑眼睛，周围多是白皮肤蓝眼睛的外国人。黄皮肤的都是亚洲的吧？那我们是“亚洲同乡”，顿生亲切感。我们拍完照，请她们回来坐。有人提议“亚洲同乡”合影，大家欣然赞同。

游船

与“亚洲同乡”合影

原来她们是日本人，还真是“亚洲同乡”。我们的小包上有工作单位的名字，她们认得。由于语言不通，不知哪位拿出纸笔，用汉字和笔“交谈”起来。又有两位“亚洲同乡”看我们在交谈，也凑过来，其中稍年轻的一位，汉字写得很好。经交谈，年长点的，出生于中国长春，年轻一些的那位出生于大连，怪不得汉字写得那么好。甲板上许多双蓝眼睛往这边看。看得出，这边的和谐气氛感染了甲板上的人，他们脸上也展现出笑容。

与日本华侨同乡合影

“亚洲同乡”用笔交谈

帮我们拍摄合影的朋友

游船开动一会儿，有人站起来往南岸前方看，原来已到熊皮尔城堡，马上就要看到沃尔道夫村了。导游说，沃尔道夫村和熊皮尔城堡、梅尔克修道院，是瓦豪文化最具代表性的载体，用有限的时间观看这几处景点，至梅尔克镇乘船观看最为妥当。许多人观看这几处景点后，就下船改乘大巴前往维也纳了。

一会儿后，导游通知说，快到施皮茨了，准备下船，登车赶赴维也纳。施皮茨在北岸，我们在南岸下船上岸。告别多瑙河，告别“亚洲同乡”，我们向岸边走了好远，回头看，船上的“亚洲同乡”还在挥手，不知道以后能否再会。

“亚洲同乡”在船上挥手

维也纳

我们下船后，从南岸乘大巴赶赴维也纳。下午5点多，抵达维也纳。

维也纳是奥地利共和国的首都，位于奥地利的东部，是纽约、日内瓦之后的第3座联合国城，是石油输出国组织、欧安会组织、国际原子能等机构的驻地，被定位为国际会议和解决国际冲突的城市，是多瑙河穿城而过的第一座大城市。

奥地利的国语是德语，不过在维也纳，会英语的人可能不比会德语的少，会法语和匈牙利语的人也不少。早在公元1世纪初，这里就是古罗马的要塞，是使多瑙河发挥中欧北部天然屏障作用的重镇，也是使阿尔卑斯山在东边起到天然屏障作用的保护神。以土耳其人为首的奥斯曼帝国再次要从维也纳侵入中欧，都被维也纳人阻挡住了。阿尔卑斯山支脉的维也纳林山，伸展到维也纳西部，一片片参天的山毛榉林名闻世界。维也纳的豪宅区多在西城，有花园及葡萄园围绕，水碧山秀，风景如画。冬不冷，夏不热，不少音乐家在此度过大部分人生生涯。

热爱音乐，崇尚艺术是维也纳人传统的品格。在维也纳金色大厅举行的新年音乐会，成为国际性的音乐盛会。夏天的露天音乐会也被各国音乐爱好者看好。维也纳于1869年建成的国家歌剧院，富丽堂皇，反映了哈布斯堡王朝的奢靡之风，在奥地利人心目中有着极其崇高的地位，是维也纳的象征，被称为“世界歌剧中心”。

维也纳国家歌剧院

维也纳国家歌剧院培养出一流的乐手，组成称誉全球的爱乐乐团。维也纳凭借音乐享誉世界，有“音乐之都”“文化之都”的美誉。音乐爱好者会为一场音乐会，不远万里前来拜访维也纳、拜访音乐的圣殿。

施特劳斯塑像

维也纳与多瑙河

晚餐后，有些人换车去音乐厅欣赏音乐。此音乐厅虽不及金色大厅有名，但当地人多看好这里。一是这里的票价较大众化，又能欣赏到好乐团的演奏，再是这音乐厅是在著名的城市花园中，花园里立着著名音乐家的雕像，音乐气氛浓厚。在施特劳斯像前拍照，仿佛会听到《蓝色多瑙河》的优美旋律。

城市花园音乐厅

我们的座位较靠后，开幕前两分钟，环顾四周，已无空位，但很安静。演奏了约一小时，休息15分钟，可到厅两边的门外免费喝杯咖啡或别的饮料。厅外，秩序仍很好，无嘈杂之音，虽然有人在说什么，但声音都很轻。

两个小时下来，总的感受是，演奏、演唱得不错，不愧是“音乐之都”的音乐会，大家都说不虚此行。

可能是去城市花园音乐厅的人回来说起城市花园很美，值得一游，5月12日早餐后，导游首先带全团去城市花园，然后去参观金色大厅、有800年历史的圣斯特凡大教堂、霍夫堡皇宫、玛丽娅特蕾西亚广场……

维也纳金色大厅，全称是维也纳音乐协会金色大厅，是既贵族化、古老又现代化的音乐厅，是每年举行维也纳新年音乐会的固定场所。始建于1867年，耗时8年才竣工。屋顶上竖立着音乐女神像古雅别致。每年在此至少要举行四五十场音乐会。新年音乐会的票难抢不说，平时音乐会的票也常是一票难得。

维也纳金色大厅

维也纳金色大厅，被国内旅游界认为是维也纳最主要的景观、最重要的看点。其外观，有人认为不比城市花园音乐厅的外观耐看，但是，景点的意义不单纯在于其耐看不耐看。金色大厅内部金碧辉煌，我国中央电视台曾多次转播维也纳新年音乐会的实况，使我国许多人在电视上聆听音乐的同时，一睹金色大厅内的风采。

维也纳金色大厅

关于金色大厅的设计、建筑，有人说，当时的设计者首先考虑的是在供贵族用的包厢内，舒适程度和音响效果是否好。因此整体而言，就有不足之处，如整个厅堂，有人称之为“长方形鞋盒”，不及扇形的好。

远处尖顶建筑为圣斯特凡大教堂

圣斯特凡大教堂、霍夫堡皇宫、玛丽娅·特蕾西亚广场等，都在市中心，相距不远。

霍夫堡皇宫

第二次世界大战前夜，希特勒吞并了奥地利，奥地利成为德国的一部分进入“轴心国”，同盟国的军队反击后，前后对维也纳进行了数十次的轰炸，维也纳的建筑有不少被炸毁，苏军用了8天攻进维也纳，希特勒的军人战死4万多……我们参观市中心，一路过来，见不到有被炸毁的痕迹。导游说，战时维也纳满目疮痍，战后得到重建和精心修复。如今，维也纳的所有历史性建筑都得到了整修，有的比战前还好。1955年，奥地利法律确定：奥地利永久中立。维也纳重新成为东

英雄广场

西欧商业和经济往来的中心。

霍夫堡皇宫和英雄广场雕像等，是维也纳标志性建筑。英雄雕像有两尊，一是尊打败拿破仑的黑山将军的铜像，另一尊是打退土耳其人的欧根亲王的铜像。电影《茜茜公主》有的镜头就是在霍夫堡皇宫城门一带拍的。

霍夫堡皇宫城门

《茜茜公主》中仪仗队从城门经过

走到玛丽娅·特蕾西亚广场，有人指着玛丽娅·特蕾西亚的雕像说，那就是“欧洲的丈母娘”。玛丽娅·特蕾西亚有好多儿女。女儿多嫁给有关国家的太子或很有地位的权贵，有的成为皇后或王后，儿子呢，多娶有关国家的公主或权贵们的小姐。用联姻的方法获得政治资本，扩大势力范围，这是哈布斯堡家族的传统，如其祖先腓力一世娶了西班牙女王胡安娜，西班牙便成了其势力范围。普鲁士王国的王后、法国路易十六的皇后、萨克森王国的王后等，都是玛丽娅·特蕾西亚的女儿，所以她被称为“欧洲的丈母娘”。玛丽娅·特蕾西亚本身在欧洲也是响亮的名字，她是神圣罗马帝国皇帝卡尔六世的长女。卡尔六世与其兄长都无嗣，将女儿玛丽娅确定为哈布斯堡王朝的王朝继承人。1740年，卡尔六世皇帝去世，国家爆发争夺皇位战争。打了七八年，最终由诸侯卡尔·阿尔布雷希特当皇帝，但玛丽娅握有实权，她要卡尔·阿尔布雷希特之子放弃继承皇位，而巧妙地使自己的丈夫弗兰茨·斯蒂芬继承了神圣罗马帝国的皇位。玛丽娅·特蕾西亚在相当长的时间内，保持着对全欧洲的影响。她和儿子约瑟夫二世皇帝，在1780年玛丽娅去世之前，一直掌控着神圣罗马帝国的最高统治权。

哈布斯堡家族的先祖，本是奥地利公国的大公，奥地利公国是神圣罗马帝国下属的两个实力最大的公国之一。奥地利一带，可说是哈布斯堡家族的发祥地，玛丽娅掌权时，大大扩大并巩固了奥地利公国的势力范围，为之后的奥地利奠定坚实的基础，所以，有人认为玛丽娅·特蕾西亚是“奥地利之母”。

离开玛丽娅·特蕾西亚广场，我们前往美泉宫参观。美泉宫坐落在维也纳西南，距市中心10多千米。

玛丽娅·特蕾西亚的雕像

据说，玛丽娅·特蕾西亚掌握神圣罗马帝国皇室的实权之后，以奥地利公国为核心的神圣罗马帝国，是欧洲势力范围最大、最强的国家，统治范围包括奥地利、匈牙利、上西里西亚、波希米亚和意大利、斯洛文尼亚北部的一些城镇，是能与欧洲另一强国——路易十五的法国较量的国家。路易十四建的凡尔赛宫名气大，许多贵族以能到凡尔赛宫参加宫廷舞会为荣，玛丽娅决定也建一座那样的皇宫。建在何处、叫什么名字好呢？传说，其祖先1617年在城西南山地打猎时，遇到一眼泉水，甘甜清爽，曾说应在此建一宫殿。玛丽娅便决定在此泉水处建“美泉宫”。她要求建筑豪华，雄伟壮观，要与凡尔赛宫媲美。但由于当时财力有限，没有完全按照设计建造，但同样富丽堂皇，体现出哈布斯堡皇室的奢华之风。

美泉宫

宫中专门有东方古典式建筑，如嵌镶紫檀、黑檀、象牙的中国式房间，用泥金和涂漆装饰的日本式房间。房间内部的装饰品也以东方风格统一协调，四壁和天花板上镶嵌着陶瓷器。在琳琅满目的陶瓷器摆设中，有中国宋代龙泉青瓷、明朝万历彩瓷大盘和措花花瓶等。美泉宫的鼎盛时期是1740年到1780年，玛丽娅·特蕾西亚当权的时期，这里成了奥地利政治和上流社会生活的中心。

美泉宫曾是神圣罗马帝国、奥地利帝国、奥匈帝国和哈布斯堡王朝家族的皇宫。作为皇宫，有170多年历史，比凡尔赛宫多70多年，如今也是维也纳最负盛名的旅游景点。1996年，美泉宫及其花园被联合国教科文组织列入世界文化遗产名录。

美泉宫长廊墙上画着哈布斯堡皇族历代皇帝的肖像，玛丽娅·特蕾西亚儿女的肖像也在上面。当然，法国国王路易十六的皇后，玛丽娅·特蕾西亚最小的女儿玛丽·安托瓦内特少女时代的画像也在其中，她在1793年随法国国王路易十六上了断头台……

美泉宫也是电影《茜茜公主》的拍摄地。电影中两位主人公：弗郎茨·约瑟夫和茜茜都有原型，而且他们去世的时间距拍此影片的时间不远，不少情节有真实性。

美泉宫剧照

茜茜贵为公主、皇后，美丽、善良，弗郎茨·约瑟夫呢，不仅是年轻的皇帝，更是才貌双全的帅哥，两人自由相爱，自主结合，这样的一对理应幸福。不过影片的结尾却有些悲剧色彩。

玛丽·安托瓦内特画像

18世纪末，法国爆发反对封建统治的革命，路易十六和皇后不肯退出历史舞台，勾结外国封建势力来镇压革命民众。1793年，民众不得不将路易十六和皇后送上断头台。有人说，法国民主革命和玛丽·安托瓦内特皇后只知玩乐、挥霍无度有一定关系。有大臣报告巴黎百姓没有面包吃，她竟问为老百姓什么不吃蛋糕，简直是法国版本的“何不食肉糜”。

法国革命影响深广，世界各洲，特别是欧洲许多国家，前前后后都进行了反封建革命。有的国家和地区因外族入侵者勾结当地封建势力一起来压迫百姓，所以就有既要反封建，又要反外敌入侵者的革命，如匈牙利和我国。到19世纪四五十年代，欧洲几乎到处都进行革命，那时代的潮流是，民主制度取代封建制度，许多国家地区的封建统治退出历史舞台。

顺时代潮流者昌，逆时代潮流者亡，这是历史规律。可就在这时候，1848年，才18岁的弗郎茨·约瑟夫，茜茜公主的表哥，被其母亲等为代表的封建皇室势力推上皇位。才16岁的茜茜和24岁的表哥弗郎茨·约瑟夫一世皇帝结婚。保卫封建统治的重担压在这对年轻人身上。由皇室教育培养出来的这对年轻人，不知道也不可能知道他们是在逆潮流而动。

茜茜：我虽然也爱你，可我不能夺去姐姐的幸福。

皇帝：帝国危机四伏，匈牙利等都要革命，嫁给我不一定就幸福，你嫁给我，我才有信心挑这重担，希望你来帮我，分担这重担……

奥地利从“欧洲的丈母娘”掌权以来，用联姻或武力的方式扩大势力范围，东边占领匈牙利，南边一度控制威尼斯等地，西边、北边也占领了不少别的土地，到弗郎茨·约瑟夫一世时，虽然势力范围已小多了，但还控制着匈牙利等国家地区。这时匈牙利人要独立，要进行革命运动。奥地利的维也纳也发生了民众反对封建统治的运动。有人说，弗郎茨·约瑟夫68年的统治生涯，经历的实际上是一个外强中干的帝国漫长而痛苦的衰落及崩溃过程。

影片中皇帝表哥向茜茜求婚

茜茜结婚时还是个孩子，但不久就怀上了孩子，可是刚生的孩子就被婆婆和皇室抱走了。历史上，茜茜不久又怀上第二个孩子，当然，也是刚出生就被抱走了。从心理和思想上来说，茜茜是先做母亲后长大的。真正长大后，她就很少有笑容了。茜茜戴上皇后皇冠，虽然荣耀富贵，却郁郁寡欢。丈夫忙于国事，好多天都见不到一面；孩子不让带，又不能像在娘家时那样骑马上山跑跑或到河边钓鱼……

茜茜进皇宫后，只有在美泉宫中举行宫廷舞会之类的娱乐活动。由于有点懂事了，知道帝国危机四伏，处境艰难，匈牙利造反要独立，以她姨妈即婆婆皇太后为代表的皇室，主张用武力镇压。茜茜则去匈牙利做安抚工作，起了作用，匈牙利同意签约结盟，1867年，奥匈帝国成立。奥匈帝国成立，表面上看，是弗郎茨·约瑟夫一世皇帝的势力强大了，实际上是帝国权力又被削弱了，本来匈牙利是其属地，皇室皇帝执行什么政策，匈牙利只能执行，现在却要和匈牙利商量后经过同意才可推行，因为现在是盟国的关系。

历史上，弗郎茨·约瑟夫一世皇帝的皇室也一再发生不幸。茜茜的大女儿夭折不说，茜茜的儿子与女友（或说情妇），在树林中“自杀”，也有说是“神秘”死亡。1898年，茜茜在日内瓦遇刺身亡，有人说是误杀，也有人说是有预谋的暗杀。1914年，弗郎茨·约瑟夫一世皇帝的继承人在波斯尼亚被刺身亡，有人说，这是发动第一次世界大战的人制造的阴谋，把他当作替死鬼，然后借口发动战争，于是第一次世界大战爆发。第一次世界大战进一步削弱弗郎茨·约瑟夫一世帝国的势力。1916年，弗郎茨·约瑟夫一世病逝。1918年，革命者推翻奥匈帝国，末代皇帝逃到国外，奥地利共和国、匈牙利共和国建立。

茜茜少女时代的画像

弗朗茨 · 约瑟夫最珍爱的茜茜的画像

历史上的茜茜可能已经被人们遗忘，但电影中的茜茜和弗朗茨·约瑟夫一世可能会较长久地留在人们的记忆中。

演茜茜的演员是维也纳人罗密·施奈德，两人长相有点像，读者可以对比看一看。

告别美泉宫和维也纳之后，我们乘大巴前往意大利。当天到不了意大利，所以只能在奥意两国交界附近的小镇过夜。第二天一早，越过奥意界线，前往威尼斯。

圣威尔特镇一角

酒店卧室窗外风景

意大利篇

威尼斯全景

水城威尼斯

2010年5月13日早餐后，我们告别离边境不远的圣威尔特镇，告别奥地利，乘大巴去意大利威尼斯。

车沿着克拉根福湖北岸向西偏南方向行驶。前方发生了一起车祸，司机与车外的人交谈，知无人伤亡，车也无大损伤。这是我们旅欧以来所见的第一次车祸。大巴向西南方向行驶约40分钟，雨过天晴。导游指着南边说，那边是斯洛文尼亚，但是我们不从斯洛文尼亚境内过。

停在威尼斯城边的大邮轮

大巴到国界后，停了下来。前几天，我们跨国时没有停车，只是车速放慢一点，过了界，就恢复高速行驶。但是进意大利为什么要停车还要交旅游费呢？导游说，各国的政策不同。

9点左右，我们从意大利东北角的边境小镇塔尔维西奥入境。大巴要穿过多条隧道，基本上都是几百米长。过境后，大巴不论过桥或过长长的隧道，虽然要收费，但不用停车，收费站的电子眼会自动扣费。

公路两边，山峦巍峨，瀑布飞流，美不胜收，可惜无条件拍照。爱好画画的人会急忙拿出纸笔写生。路的一边是深渊。由于路修得很好，司机又责任心强、经验丰富、技术娴熟，我们没有颠簸和不适感。9点50分左右，大巴驶出山区，中午抵达了威尼斯。

到达威尼斯城，为什么首先吸引眼球的是大海和邮轮？原来，威尼斯是建在离陆岸4千米的海中，建在最不能建城市的海水中，所以威尼斯叫作“水城”。

威尼斯为什么要建在海水中呢？一千多年前，建筑能力有限，要在海中建城，难度之大可想而知，这座城又是怎么建起来的呢？此外，随着地球变暖，海平面有上升的可能，如海平面真的上升，威尼斯又将怎样？

威尼斯西北边是山区。古代，那里的游牧民族很剽悍，常下山骚扰威尼斯地区以农民和渔民为代表的富有者。亚德里亚海北端的威尼斯湾，距陆岸4千米处有许多岛屿（100多个小岛），有的退潮时连成一片湿地，或谓之浅滩。约公元5世纪时，农民和渔民们就在浅滩打下木桩，上面铺上石板，在上面盖起房子，住在那儿，以避开山民的骚扰。后来东北边有些百姓为了避开外来的入侵者，也逃到威尼斯岛上来住。有的岛地势较高，就直接在上面盖房，岛和岛之间，用桥连起来，形成整体，这种天然和人工技术相结合而成的岛，面积近8平方千米。至今，全城有300多座桥，桥下的水渐渐成为水路 ，相当于城镇中的街巷，全城约有180条水道，最大的一条，呈S形贯穿整个城市，称大运河。所以说威尼斯“桥代路，舟代车”，素有“百岛之城”“桥城”“水都”“水城”的称谓。乘船沿着S形水道可以饱览威尼斯精美的建筑而不用担心迷路。沿岸的近200栋宫殿、豪宅和7座教堂，多建于14至16世纪。威尼斯的小船如同普通城镇中的出租车，当地称之为“贡多拉”。过一会儿，我们会乘贡多拉在威尼斯城“街巷”中转一转。

如今，虽有公路和铁路桥连接威尼斯岛，但车不能进市内，下大巴后，要乘渡船进市内。渡船在斯基亚沃尼堤靠岸后，游客登堤，然后可以乘贡多拉游“街巷”。

贡多拉

乘坐贡多拉游览

威尼斯市所在的水域，是亚得里亚海的浅海湾，如同一个潟湖，多称威尼斯湖，水深平均约1.5米。西北山区有数条河流的出海口都在潟湖这里，雨季，潟湖水面会升高，威尼斯市有不少地段，地面在水下。如今，有的地段一年有200来天地面是在水下。水道边的房子，多陈旧，有的已破损。如果海平面真的升高，若升高一米或更高，有不少房子可能无法住人了。不过，不会像有些说法那样，威尼斯不存在了，只是人口会减少。

相信意大利和威尼斯不会让这座奇特的水城消失。有人说，1000多年前打入海底的那些木桩，可能由于海水隔绝了空气中的真菌和海底淤泥的防腐作用，没有朽烂，只是钙化，城市基础还是牢固的。

威尼斯的街巷

水位较高时的威尼斯

乘贡多拉游览水城的“街巷”后，我们去圣马可广场参观圣马可大教堂。大教堂是威尼斯市标志性建筑。每年约有300万人到威尼斯旅游观光，这300万人中，绝大部分都会到圣马可广场看看，所以，圣马可广场常是“人满为患”，我们去参观的这一天，人也不少。

圣马可广场南大门，立着两根白色的石柱，西边柱顶上雕刻的是威尼斯的守护神圣狄奥多，东边柱顶上雕刻的是威尼斯另一位守护神——圣马可的“飞狮”，这两根石柱示意，此处是威尼斯官方的城门，威尼斯的贵宾，可从石柱中间进入威市。茜茜公主伴其夫弗郎茨约瑟夫皇帝至威尼斯访问，也是从这两根石柱中被迎进的。我们也当回威尼斯的贵宾，从两石柱中进去吧……

威尼斯电影节是世界上第一个国际电影节，电影节所设的最高奖为“金狮奖”，金狮即上述石柱上雕刻的“飞狮”，带翼的“狮子”，是圣马可的标志、威尼斯的保护神。

从两石柱中间进入圣马可广场

圣马可广场初建于9世纪，当时只是圣马可大教堂前的一个小广场。威尼斯人将马可奉为守护神。据说，828年，两个威尼斯商人从埃及亚历山大，将马可的遗骨运到威尼斯，并在同一年为圣马可兴建教堂，教堂内有圣马可的陵墓，教堂自然以圣马可的名字命名。圣马可广场又称威尼斯中心广场，周边建筑几经修建，广场扩展后西东长约170米，东边宽约80米，西侧宽约55米。圣马可广场一直是威尼斯政治、宗教和传统节日的活动中心。广场四周的建筑多是文艺复兴时期的精美建筑，除了有圣马可大教堂，还有公爵府、圣马可钟楼、新旧行政官邸大楼、拿破仑翼大楼、圣马可图书馆等。

1797年，拿破仑占领威尼斯，把广场边的行政官邸大楼改为自己的行宫，还建造了连接两栋大楼的翼楼作为舞厅，称之为“拿破仑翼大楼”。拿破仑赞叹圣马可广场是“欧洲最美的客厅”，是“世界上最美的广场”。

圣马可大教堂

离开圣马可广场，从原路返回，经过叹息桥的南面时，有人告诉我说，北边水道上那座桥即是著名的“叹息桥”。该桥建于1603年，桥的西端连接着总督府、法院，东端连接威尼斯监狱，是法院向监狱押送死囚的必经之路。罪犯经过这座封闭的桥时，只能透过小窗看看蓝天，知道再向前走便要告别世间的一切，会不由自主发出叹息之声，“叹息桥”因此得名。传说，恋人们在桥下接吻就可以天长地久，电影《情定日落桥》就是取景于此……

圣马可教堂和钟楼

叹息桥

威尼斯较著名的桥是叹息桥和利亚尔托桥。利亚尔托桥位于圣马可广场西北大运河上，与圣马可广场直线距离五六百米。其为单孔拱桥，用大理石砌成，建于1592年前后，桥长48米，宽22米。那一带是威尼斯的商业区。桥的两端本是浅水滩，最先上岛的建设者在那儿打下数以万计的木桩，铺上了石板。1987年，威尼斯和威尼斯湖被列入世界文化遗产名录。

利亚尔托桥

素有“亚得里亚海明珠”之称的威尼斯，8世纪时为亚得里亚海贸易中心，后来日益富强，10世纪曾建立城市共和国，中世纪时为地中海繁荣的贸易中心之一。威尼斯一度拥有全欧洲最强大的人力、物力和权势。虽名字为城市共和国，领土却在周边大大扩展。北部扩展到卡多蕾一带，是意大利阿尔卑斯山最壮丽的一段，有若干座海拔3000多米高的雪山，有湖泊、流水，有的雪山围绕着辽阔较平坦的绿地，景色如画。那里的科尔蒂纳丹佩佐镇最为著名，景致迷人，令人神往。

意大利成为统一的国家后，分为20个区，威尼斯所在的区称威尼托区，威尼斯是威尼托地区的首府。区下面设有若干省，威尼托区下设7个省，威尼斯所在省，称威尼斯省，省会当然是威尼斯。

哥伦布发现美洲大陆，开通新航路，欧洲商业中心渐移至大西洋沿岸，威尼斯渐渐衰落。1797年，拿破仑占领威尼斯，有着800多年历史的威尼斯共和国从此灭亡。拿破仑失败后，奥地利想统治威尼斯，1849年，威尼斯反奥地利的独立战争获得胜利。1866年，威尼斯地区和意大利实现统一，从此成为意大利的一个地区。

威尼斯作为首都、地区首府和省会，是意大利著名的、繁华的城市。威尼斯旅游资源很丰富。一年四季，游人不绝，冬季北部卡多蕾一带，是滑雪爱好者的天堂，夏季则是山地爱好者的乐园。东南海滨，威尼斯有100多千米长的海滨浴场，卡奥莱、耶索、利多等浴场是世界一流的海水浴场，一到夏季，游客如织，热闹非凡。整个威尼托地区，每年吸引了近千万游客。这与威尼斯地区旅游服务优良、设施完善分不开。

威尼斯的工业也很发达，有炼铝、化学、炼焦、化肥、炼油、钢铁等工业，其珠宝玉石工艺品、花边、刺绣等，也受世人喜爱，特别是玻璃制品，名闻世界。导游带大家去了一家玻璃器皿制造厂参观。

玻璃器皿制造车间

威尼斯早在中世纪时期，就是令人向往的旅游胜地，具有无与伦比的文化旅游资源。除了威尼斯，还有维罗纳、维琴察等艺术古城，有不计其数的博物馆、古建筑。维琴察是黄金珠宝中心，有游客来此是为了买心爱的首饰。风景绮丽的维罗纳不仅是意大利古老、美丽的城市之一，而且与莎士比亚的名作《罗密欧与朱丽叶》有关，这里就是罗密欧与朱丽叶的故乡，自然也就成为青年男女膜拜的爱情场所，每年会有百万对情侣来这里游览。

位于市中心卡佩罗路小院里的一幢小楼就是朱丽叶的故居。院内正面竖立着一尊真人高矮的朱丽叶青铜像，亭亭玉立，深情而又略带哀怨。铜像左侧就是令无数青年男女神往的大理石阳台，那是当年罗密欧与朱丽叶幽会的场所。那儿所有的门墙上都写满了爱情的祝福。另外，朱丽叶的墓地也是维罗纳的胜景之一。传说这是罗密欧与朱丽叶秘密结婚的地方，因而每年都有不少情侣专程从世界各地赶到这里结婚，为的是要像罗密欧与朱丽叶一样誓死捍卫爱情。罗密欧与朱丽叶的故事世代流传，维罗纳是否真是罗密欧与朱丽叶的故乡，已变得不再重要，重要的是这里已是青年男女朝拜爱情的圣地。

威尼托区不仅有迷人的自然风光，如加尔达湖秀丽的湖滨胜地、阿巴诺温泉的浴疗和泥疗、波河三角洲自然公园、坎西利奥森林等，有上述罗密欧与朱丽叶的传说，其还是意大利最富有的三个大区之一。威尼托区的农业也相当发达，食材丰富，随处都可品尝到各色威尼托风味的佳肴。

威尼托虽然工厂遍布，经济发展迅速，但环境基本上没有受到污染，工农业比重平衡，失业率低。

威尼斯地区与我国江苏省于1998年缔结友好省区关系，双方在经贸、文化、教育、立法、司法等领域开展了广泛交流与合作。此外，威尼斯市与苏州市、维琴察市与无锡市也缔结了友好城市关系。

时间过得太快，我们参观完威尼斯市有关景点，已近17点，赶紧告别威尼斯，当晚，我们要到距离威尼斯市100多千米外的博洛尼亚过夜。

佛罗伦萨——文艺复兴的摇篮

我们到达博洛尼亚市，天已黑。

博洛尼亚是艾米利亚-罗马涅大区的首府，位于意大利北部波河与亚平宁山脉之间，是一座古城，早在公元前一世纪，就已是一座大城市，这里有不少古建筑。

博洛尼亚有两样东西闻名天下。其一，世界上第一所大学——博洛尼亚大学，该大学于1088年在此成立，故此博洛尼亚有“大学之母”的美誉。如今，仍是一所很好的高等学府。其二，博洛尼亚市是意大利的美食之都。这与博洛尼亚是农产品的集散地，食品丰富、质量上乘不无关系。博洛尼亚还是“长廊之城”，带有柱廊的建筑随处可见，世上恐怕少有另一城市能让行人不管刮风下雨都走得如此从容。博洛尼亚的游廊在整个旧城几乎绵延不绝，共有四五十千米长。

因为我们要尽早到佛罗伦萨参观，之后赶到距佛罗伦萨300多千米的“永恒之都”罗马过夜，所以没有留时间在博洛尼亚市游览。5月14日上午7点半，我们即登车去往佛罗伦萨。

博洛尼亚的柱廊

柱廊一边多是店铺

比萨城在佛罗伦萨市西边七八十千米处，阿尔诺河穿城而过。历史上，比萨城位于河口的海滨，是海滨城市，曾作为海上共和国威震四方，其是联结东西方的纽带。阿尔诺河每年会带许多泥沙沉积在海边，使陆地不断向海里扩展，比萨古城日益拉开了与海的距离。比萨古城有不少古建筑，建筑艺术水平甚高。背山面海的比萨古城风景壮美，更因有斜塔奇观等元素，成为著名的旅游城市。

阿尔诺河穿城而过

比萨斜塔位于比萨古城内的教堂广场（米拉科利广场）上，是一组古罗马建筑群中的钟楼。这座堪称世界建筑奇迹的斜塔竣工于1350年，但是，工程早于1174年就开始了。工程进行到第三层时，就发现由于地基、建筑结构等原因，塔身出现了倾斜，于是工程中断了。后来，当政者换了新建筑师才建成。开放后，游人可上去参观，位于其上，全城尽收眼底。随着时间的推移，比萨塔的倾斜程度不断增大，目前已达到4.5米，而且倾斜度还在以每年1毫米的速度继续增加。“斜而不倒”，闻名天下。教堂广场上除了教堂、斜塔，还有一座洗礼堂和墓地。

比萨城一角

教堂和比萨斜塔

斜塔闻名世界，与伟大科学家伽利略曾在斜塔顶层做过一项著名的实验不无关系。1590年，伽利略让两个重量相差10倍的铁球，同时从塔顶自由落下，结果两球同时着地，推翻了束缚人们思想近2000年的希腊著名学者亚里士多德关于“自由落体下落速度与重量成正比”的理论。伽利略是比萨人，17岁进入比萨大学，毕业后留校任教，成就多、贡献大，被称为“近代科学之父”。他经自己的观察、研究，维护、发展了哥白尼的日心说（即地动说），否定当时教会推崇的地心说，宗教裁判所判他有罪。

比萨这座不大的城镇有比萨大学等三所高等学校，规模都不大，但培养出许多人才。以恩里科·费米为代表，竟有七八位理工科科学家获得了诺贝尔奖。这里的人才很全面，有理工的，也有文科的，比如有一些世界著名的雕塑家、文学家、画家出自这里，诺贝尔文学奖获得者卡杜齐（1835—1907）也是这里培养出来的。不到10万人的小城市，就有三所大学，还培养出那么多人才，难怪意大利人称比萨为大学城。

离开比萨后，大巴快到佛罗伦萨时，我们在路边的一家北京餐馆用午餐。

在路边的北京餐馆用午餐

用完午餐后，大巴停在佛罗伦萨市内距景点较近的一条小街里。当地的导游也是中国人。

佛罗伦萨是意大利托斯卡纳区首府，位于意大利中部偏北阿尔诺河河谷的一块平川上，阿尔诺河绕城而过，四周丘陵环抱，是有山有水、风景秀丽的城市。

导游介绍佛罗伦萨

佛罗伦萨，在意大利语里是“鲜花之城”的意思，是历史悠久的文化名城，全市竟有40多个博物馆和美术馆，还有艺术、文学、科学研究院与藏书丰富的图书馆等。更为重要的是，佛罗伦萨是文艺复兴的发源地。

欧洲中世纪，封建思想、封建制度统治民众，那时的教会、教廷与封建主联手，用宗教、迷信的手段控制民众的思想、精神，使民众无知也不敢起来反对封建统治，反对教会，教会起了保卫封建统治的作用。

至13世纪末、14世纪初，封建教会的统治明显不利于科学的发展、文艺的兴盛、社会的进步，其弊端已日益显现。如迫害科学家，上文提到的迫害科学家伽利略；而迫害思想家、科学家布鲁诺则更加残暴。布鲁诺用科学研究的事实，捍卫、发展哥白尼的日心地动说，宗教裁判所监禁、拷问他六七年后，竟将他绑在罗马百花广场的火刑柱上活活烧死。古希腊、古罗马的维纳斯等艺术水平甚高的艺术品，竟被看作“异教的女妖”，遭到烧毁……

一些学者在佛罗伦萨办了一所名叫“希腊学院”的学校，佛罗伦萨的文艺工作者，以研究、学习古希腊、古罗马的文艺为由，创作出一些反映新思想即反对封建统治和反对教会贪婪专横的作品。代表人物有诗人但丁和著名的文艺复兴三杰拉斐尔、米开朗琪罗、达·芬奇。他们在佛罗伦萨工作、生活，但丁和米开朗琪罗还是出生于佛罗伦萨。

导游带大家先去老城的旧宫一带观光。旧宫是一座颇壮观的古建筑，在河北岸，如今是佛罗伦萨市政厅。其沿街的墙上，塑有4位文艺复兴运动代表人物但丁、米开朗琪罗、达·芬奇、拉斐尔的头像。

达 · 芬奇与米开朗琪罗

拉斐尔和但丁

市政厅门前的广场叫塞诺里亚广场，现也称市政广场，游人多，很热闹。“祖国之父”柯西摩 · 麦迪奇的骑马雕像和雕塑家米开朗琪罗的著名作品《大卫》的复制品，立在场边。

市政厅大楼

麦迪奇的骑马雕像

米开朗琪罗的《大卫》（复制品）

离开市政广场后，我们去参观但丁故居。但丁的故居是砖瓦结构的房子，墙上挂着一面画着但丁半身像的旗子，下边有一尊但丁塑像。

但丁（1265—1321），反对封建贵族割据，反对教皇干涉政治，第一次提出政府官员应当是人民公仆的观点，主张建立统一的意大利国家，意大利应有统一的语言。1302年，但丁被终身放逐。长诗《神曲》是但丁的代表作，全诗分为《地狱篇》《炼狱篇》《天堂篇》，共14000行，经过十多年才写成。诗中热烈歌颂历史上具有伟大理想和坚强意志的英雄豪杰，希望世人以他们为榜样，振奋精神，避开怠惰，战胜一切艰险，去创造自己的命运。人要有追求荣誉的思想，坐在绒垫上或睡在被子里，是不会有成就的，只能是虚度一生。他赞颂理性，召唤世人应以今人为本，重视现实生活，同中世纪一切归于神的思想，同宗教神学宣扬的来世主义，针锋相对。《神曲》还反对中世纪的蒙昧主义，提倡知识和文化，称颂人的才能和智慧。对于教会排斥和否定的古典文化，但丁推崇备至。

但是，但丁生活的年代，宗教、封建思想和制度，远未到退出历史舞台，甚至包括《神曲》本身，也有落后的宗教、封建的东西。不过无论如何，《神曲》是最早提出人文主义思想的诗作，起到了召唤人们觉醒的作用。

人文主义，简要地说，是以“人性”反对“神性”，用“人权”反对“神权”，要求以人为中心，而不是以神为中心的，其主张个性解放，反对中世纪的禁欲主义和宗教观，提倡科学文化，反对蒙昧主义，反对教会对人们思想的束缚，摒弃一切腐朽的教条。

但丁故居

那么，什么样的文艺作品是人文主义的呢？小说、诗歌等可能较易识别，雕塑、绘画等可能较难识别。

《蒙娜丽莎》　《圣母》　《大卫》

雕塑、绘画是否是人文主义，自有判断标准。文艺复兴时期，人文主义的艺术歌颂人体的美，认为人体各部分的比例是世上最和谐的比例。有的虽然仍然以宗教故事为题材进行绘画、雕塑的创作，但表现的都是普通人的场景和特征，可谓将神拉到了人间。

《春》

《海神》

文艺复兴运动的宝贵遗产，是反映人文主义思想的绘画、雕塑、小说、诗歌、建筑等。在佛罗伦萨，都能一饱眼福，特别是绘画、雕塑，真迹原作在佛罗伦萨比比皆是。这是部分游客来佛罗伦萨的缘由。在市政厅南边的乌菲齐美术馆和与该馆一河之隔的皮蒂宫美术馆等处，陈列有文艺复兴时期非常珍贵的作品。如波提切利画的《春》、提香的《花神芙罗拉》等。

《花神芙罗拉》

中世纪时，《圣经》传说充斥艺坛，窒息了艺术的生命。文艺复兴则不但把圣母变成人间女性（参看拉斐尔画的《圣母》），把图像化为对人体的歌颂（如雕塑《大卫》和波提切利的名画《维纳斯的诞生》），而且开始了对日常生活和现实的人的直接描写（如《蒙娜丽莎》《花神芙罗拉》）。解剖和透视等科学也第一次被运用于艺术。欧洲近代现实主义艺术从此发端。

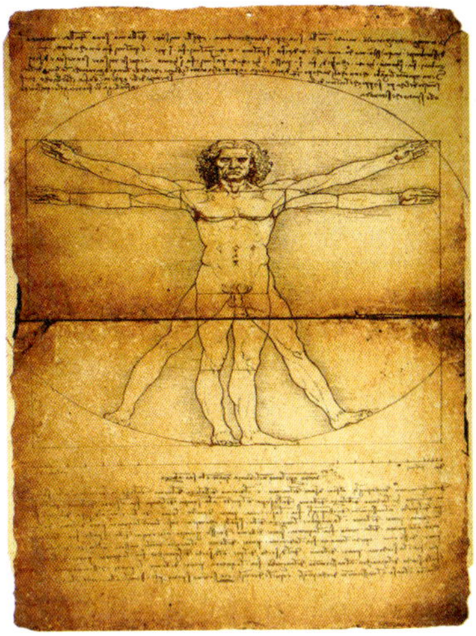

达·芬奇的人体比例

13世纪末，文艺复兴运动在佛罗伦萨开始，不久后，在意大利各城市相继兴起，进而扩展到西欧各国，至16世纪，历时200多年，文艺复兴运动在欧洲达到高潮。被封建思想、制度统治，被教会蒙昧、束缚的民众，终于觉醒了。欧洲各地到处都有人文主义的作品涌现，而且，有的国家和地区已经发生民众要推翻封建统治和教会束缚的革命运动，揭开了近代欧洲历史的序幕。

圣母之花大教堂

圣母之花大教堂在市政广场北边，是佛罗伦萨市标志性建筑，位于老城区中心，与老城区一起于1982年被联合国教科文组织列入世界文化遗产名录。圣母之花大教堂始建于1248年，前后花了150多年时间，经过好几代人的努力才完工。

圣十字教堂

但丁的空墓在圣十字教堂内。教堂的边上还有一座八角形的洗礼堂，其东门是三座铜门中最著名的青铜大门，门上雕有著名的“天堂之门”字样和10个浮雕画，是基贝尔蒂花费21年的时间，将旧约全书的故事情节分成十个画面，分别镶嵌在铜门的框格内。现在门上的作品是复制品，原件在大教堂的博物馆展出。

洗礼堂

17点了，我们告别佛罗伦萨，前往罗马过夜。

天堂之门

千年前的呐喊——庞贝古城

5月14日，我们很晚才到达罗马入住酒店，躺下休息时，已经23点许。15日早6点就被领队叫起，去距离罗马300千米的庞贝古城参观。

罗马酒店窗外

罗马酒店 卧室

据说，公元79年8月24日下午1点许，庞贝古城北边，海拔1200多米高的维苏威火山突然爆发。剧烈的爆炸声接连不断，火山喷起滚滚浓烟和岩浆，有的高达7000多米。顷刻之间，天昏地暗，地动山摇，连平静的那不勒斯湾也翻腾起汹涌的巨浪。大量的岩浆、石块和火山灰从天而降，覆盖住附近的地面，有的地方厚达十八九米。位于沙诺河滨，建于公元前六七世纪，背山面水、风景秀美曾被誉为美丽乐园的庞贝古城被完全埋没，从地面上消失得无影无踪了。人们只是从古籍中知道曾有过庞贝古城，古城在当时罗马的地区，是仅次于罗马的第二大城市。

18世纪初，人们在维苏威山南边约10千米处修筑水渠，挖土时，挖出一些古罗马的钱币和经过雕琢的大理石碎块。1748年，人们又在附近挖出一块上面刻有“庞贝”字样的石块。看来，庞贝就埋在那一带。从1860年起，政府对庞贝城开始了有计划的发掘工作。经过200多年断断续续挖掘，这座在地下沉睡了1600多年的古城复活了，庞贝城大部分已经重见天日。

庞贝被埋没前，约有2万居民，面积约1.8平方千米，东西长约1300米，南北宽800多米，四周有石砌城墙环绕，城墙共有4800多米长。就城内面积说，今天看来是个小城市，但在1900多年前看，是很繁荣的大城市。几条笔直平坦的大街把全城分成9个城区，里面小街小巷纵横相连。现在，人们可以像当年进入庞贝城一样，漫步在宽敞平坦的大街上。1997年，庞贝古城被联合国教科文组织列入世界文化遗产名录。

庞贝古城路中的“隔车石”

庞贝古城马路边的人行道比马路要高出二三十厘米，马路中间的路面留下了深浅不等的车辙，在一定的路段，设置着凸起的约30厘米高的“隔车石”，似如今马路上的斑马线。据说，古罗马地区马车发达，当时武士和贵族的大马车总是在马路上疾驶，行人过马路很危险，于是设置了隔车石，飞奔而来的马车看到隔车石自然会放慢速度，车轮只好从巨石夹缝中缓缓驶过。

公元前8世纪，庞贝只是地中海边的小渔村。绕庞贝而过的沙诺河河口处，是天然良港，西北边是风光绮丽的那不勒斯湾，庞贝位于交通要道亚壁古道的西侧，有山有水，风景秀美，还有地热温泉，故儿百年之后，商贾云集，成为仅次于意大利古罗马市的著名城市。市内，有蒸汽浴室和众多的商铺、娱乐场馆等，还有神奇的太阳神庙、巫师堂。庞贝北距罗马市约300千米，西接著名的西西里岛，南通希腊与北非。有人说，从地形来看，可以想见庞贝受到了古希腊甚至古埃及的影响，太阳神庙和巫师堂是古埃及流行的，这便是明证。

维苏威火山和庞贝古城遗址

庞贝属地中海气候，气候宜人。维苏威火山多次喷发大量火山灰，使土地很肥沃，物产丰饶。古庞贝人栽种谷物、蔬菜，还有无花果和迷迭香。农作物特别是水果，品质非常好。葡萄个大汁甜，酿酒绝佳，成了各地贵族争购的上品。庞贝从而吸引了许多富商贵族到此造花园、建别墅，开发娱乐场馆。庞贝渐渐成为烟柳繁华之地，成为当时世界上兼具美丽和繁华的城市之一。城内有30多家面包烘焙房、100多家酒吧、3座公共浴场（使用地热泉水），还有用于交易的步行街、可容纳5000人的剧院、有1万多个座位的竞技场。

庞贝还拥有坚固的战车，内无忧，外无患。至公元1世纪初，维苏威火山已经很久不喷发了。当时，著名的地理学家斯特拉波根据维苏威山的地形地貌特征，断定它是一座死火山。人们完全相信他的论证。公元62年2月8日，庞贝发生强烈的地震，造成许多建筑物毁塌。人们知道，一个地区发生强烈的地震后，会有许多年甚至会有数百年不会再有强震发生，何况维苏威火山又已是死火山。所以，强震过后，人们放心地重建各种建筑，甚至重建得比震前还好，更追求奢侈豪华。谁也想不到公元79年8月维苏威火山会那样猛烈地爆发。

剧院遗址

在挖掘出来的一些建筑物中，特别是厅堂廊庑中，发现有不少壁画。就公元1世纪初或更早的时代来说，水平相当高。这些壁画的发掘、展示，对欧洲的新古典主义艺术影响甚大。

传说，罗马人的祖先埃涅阿斯的母亲，是爱神维纳斯，在庞贝人的心目中，爱神维纳斯占有很高的位置，因此，爱神庙（维纳斯庙）的规模不小。

彩色画中的红色，与当时别的地方的红色相比，红得格外鲜艳。是什么原因使在地下埋了1600多年的壁画，依然能保持得如此鲜艳？考古界一直没有答案。柏林一博物馆的研究员丹尼拉·丹尼尔认为，庞贝的红色颜料虽然只用辰砂做原料，但此处的辰砂优于一般的辰砂。经分析，可知庞贝古城壁画中所用的辰砂是经过精心处理的。丹尼尔把这一加工过程概括为：净化，研磨，然后以三维的手法进行艺术表现。

那不勒斯大学伯纳德·马切斯说，作为颜料的辰砂确实需要精心加工。颜料的媒介物是石灰，因此它必须呈液体状才能被用作壁画的原料。壁画完成之后，还要经过打蜡磨光，使壁画保存得更加持久。

丹尼尔说，通常认为，颜料的颗粒越细，就越鲜亮，覆盖力也越强，但庞贝的颜料不单单如此，他发现其颜料颗粒的矩阵中，加入了10~15微米的晶体作为闪光颗粒。这种大小的结晶物显得更加透明，同时使色彩更加柔和深沉，

古城壁画

这让庞贝古城壁画中的红色接近红赭色。他认为，庞贝古城的红色显示了高超的颜料制作技术。

从庞贝城的遗迹可以看出，贵族和富商们吃住很讲究。他们吃精制的腰花、野公猪的咽喉、火烈鸟或鹳鸟的舌头、夜莺的肝，饭后点心是一种腌制过的带甜酸味的海鳝。

竞技场遗址

庞贝城内的竞技场是现存古罗马帝国竞技场中最为古老的，比现存罗马市内的还早四五十年。竞技场大部分的角斗士由战俘、罪犯或奴隶来担任。场内不但有猛兽之间的撕咬，更有奴隶与饿兽的搏杀以及奴隶和奴隶、俘虏与俘虏之间的较量，而这些均以毁灭对方的生命为结局。场内墙上刻着角斗士明星的名字，如“加拉德斯，大英雄，令人心碎”“塞那杜斯是英雄，也是索命鬼”“弗里克斯将与熊格斗”，等等。发掘竞技场时，还发现精美的剑和头盔。角斗士虽然多是奴隶或是俘虏，但庞贝设有学校，对他们进行剑术培训，所以他们也被称为“角斗士”或者“剑斗士”。当时全市，连奴隶在内只有2万人，这个竞技场却可容纳1.2万名的观众，可见一般市民也狂热地以上述“表演”为娱乐。据记载，场内野兽号叫、奴隶哭喊，饿兽撕扯吞噬角斗士或者半死的野兽时，那凄惨的场面，观看者不是不忍，而是兴奋地狂叫……

有团员提议讨论，如何看待古代的庞贝人被火山掩埋？这当中有没有人为的原因？

庞贝古城不算大，但竟有20多所妓院，有人认为，这说明古庞贝人生活放荡，可谓是堕落之徒。庞贝人以角斗士厮杀场面取乐，毫无人性，简直是恶魔。古庞贝人的欲火，使其生活、行为远离神给人类的规范，所以，神发怒了，用地震教训一下庞贝人。可庞贝人没有醒悟，其欲望之火终于点燃了沉默800年的维苏威火山。最终，庞贝被火山埋没，是咎由自取，罪有应得，是自身堕落的结果。他如此评论古庞贝，如此看古庞贝人，准确吗？理性吗？中肯吗？我觉得不然。

公元1世纪初那个年代，古罗马帝国，商人、水手来往多的城市多有青楼，这是应来往商人和水手的需要，帝国让一些女奴或女罪犯提供性服务，国家从这项“公共事业”中获取丰利，既可增加财政收入，又可防止商人、水手骚扰良家妇女，有利于社会治安。

公元1世纪初的庞贝是奴隶制社会，而且是奴隶制前期的社会。各地各城镇的奴隶主多会任意杀戮、奴役奴隶，多有无人性的一面。正因为奴隶制社会有这样无人性的一面，所以发展到一定时代肯定会被另一种制度取代。所以不能单纯地去责怪古庞贝人咎由自取。那么，庞贝古城被火山埋没，给后人以何启示呢？

首先，城镇不应建在距火山过近的地方。其次，即使是很长时间不喷发的所谓死火山，一旦发生强震，强震有可能震活死火山。再次，如今的科学已有很大的成就，应进一步加强对火山的研究，做到对火山喷发的预警，尽可能不受或少受火山喷发的损害。

出土建筑物一角

红砖墙

古代饮用水口

庞贝古城供水系统和排水系统都较完备。饮用水是从100来千米之外的大山里用水渠和管道引来的，水质非常好。全城有3座公共大浴场，其水是地热泉水。浴场建设得很讲究，男女分开，各有更衣处，有凉水池、温水池、较热的水池、游泳池等。水池用大理石建成，可同时容纳千人泡澡。饮用水用铜管分流至各家各户，可谓是世界上最早有自来水的城市。许多人参观后都为此惊叹。出土的庞贝古城成了历史中一页真实的样本，它给予人们的是一部丰富生动并寓意深远的经济史、文化史和艺术史。古庞贝城、古庞贝人，不论是经济方面，城市建设、管理方面，或是艺术方面，对人类都贡献巨大。

侄女家别墅大门

我有一侄女在罗马定居，我想趁去罗马旅游之机看看她。真巧，我们团罗马站的导游是侄女的熟人，我一说起想去探望侄女，立即得到支持和帮助，导游同意我次日上午归团。侄女的丈夫是一个研究所的研究人员，接我们到他们罗马郊区的别墅去住。从我们入住的酒店至别墅约有1小时车程。可能因下雨，车开得较慢。别墅在产橄榄的山区小镇。小镇的房子较分散，别墅区在橄榄林上面，房子依山势而建。当地有条件者，多会到郊外风景好、交通方便的村镇买块地，盖栋别墅，节假日，避开喧闹的城区，到别墅去清净清净。

侄女说，小镇对别墅区服务得不错，别墅区也给小镇带来繁华。小镇有相当不错的餐馆，节假日，去用餐的人不少。我们当天也是到该餐馆用餐。侄女婿之意是让我们尝尝意大利罗马地区有代表性的饭菜，如意大利牛排、意大利面条、比萨饼、罗马甜食等。意大利牛排，我只尝了一口，因只有七成熟，觉得还有血腥味。早餐是侄女自己做的，用牛奶冲的麦片粥和自己烤的面包，又香又可口，美中不足是少了点咸菜。

小镇一餐馆门口

在餐馆合影

侄孙女6岁，健康活泼，已会说部分汉语，能与我们交流，知道亲人，在膝边转来转去，又唱又舞，很可爱。侄女一家，生活安宁和谐，我们感到很宽慰。

侄孙女

壁 炉

幸福的一家

屋内楼梯

别墅房后和右侧有点空地，可种点什么，房后好像有几棵果树，有一棵可能是橄榄。有只猫，见主人来了，就来和主人亲热。我们走时，它在墙头上看着，轻轻叫两声，似是舍不得。侄女说，它每次都这样，罗马市内没有它的户口，无法带它进城……

猫追着客人玩

此房子是侄女婿自己设计，请当地工人建造的。加上买地，共花了约60万美元，现在值130多万美元。除了有壁炉，还有水暖系统，用烧油锅炉烧水。我们一到别墅，侄女婿就熟练地点燃壁炉和燃油锅炉。据说，当地的部分白领，虽然没有学过建筑设计，但有建筑的本事。侄女婿还会种菜，夏秋季节在房后种的菜，自己家吃不完……

按计划，我们要在5月16日参观梵蒂冈和罗马市中心。5月15日夜我们在侄女家过夜后，16日一早归队，路过圣天使古堡。圣天使古堡是梵蒂冈的领地。我们计划上午游玩梵蒂冈，下午参观罗马。但是为了保持意大利篇的统一，我们先介绍后游玩的罗马，最后再介绍先游玩的梵蒂冈。

永恒之城——罗马

5月16日下午，我们到达罗马，参观罗马市有关景点。

罗马位于意大利的中部，是拉齐奥区的中心，也是该区的首府，罗马是有着辉煌历史的欧洲文明古城，更是古罗马帝国首都，现意大利共和国的首都。由于它建在7座山丘之上并有悠久的历史，罗马被称为“七丘城”和“永恒之城”。

意大利亚平宁半岛中部的台伯河穿罗马城而过，罗马市有山有水，风景壮美。罗马全市分为55个居民区，是意大利最大的城市，亦是欧洲最大的城市。

坎皮多利奥山丘是上述7座山丘中最著名的，古罗马一些重要的建筑均建在那一带。该山丘的一侧，是叫作塔佩亚的悬崖，当时的执政者多在此处处决背叛之徒，将他们从此崖抛下去。坎皮多利奥山丘有两个小山头，两个山头之间的山坳后来建成坎皮多利奥广场，是市政中心。广场正面有元老院宫，左边有新楼，右边为保管大楼。元老院宫二楼以上即是现在的市府大楼。

广场中间耸立着著名的马可·奥勒留青铜雕像，这是公元2世纪的作品。据说，此青铜雕像是意大利此类作品中保存得最好的。马可·奥勒留（121—180）是古罗马帝国的皇帝（161—180），而且是新斯多葛派哲学的主要代表。据说，他继位后，经年用兵，但却是爱好和平的。

马可·奥勒留青铜雕像

保管大楼内有保管厅、保管大楼博物馆等，青铜雕像《坎皮多利奥母狼》陈列在保管大楼博物馆母狼厅中。罗马始建于公元前753年，由罗慕路斯所建。传说，罗慕路斯和他的孪生兄弟雷穆斯是由母狼哺育的，因此母狼被视为罗马的象征。“母狼育婴”则是罗马市市徽。《坎皮多利奥母狼》作于公元前5世纪。公元1400年，波拉约洛在雕像母狼腹下加上了两个小男孩。

《坎皮多利奥母狼》青铜雕塑

油画《波斯预言家》

《坎皮多利奥的维纳斯》

新楼里设有坎皮多利奥博物馆，楼上有维纳斯厅、鸽子厅、帝王厅等。陈列在维纳斯厅的《坎皮多利奥的维纳斯》石雕，是公元前2世纪的作品。帝王厅内陈列着60多尊古罗马皇帝半身雕像。

据说，公元前2000年左右，古意大利部落就有人居住于罗马。那时罗马只是台伯河畔的一个小山村。后来，古罗马人占领了这里，这里才称罗马。

罗马文物、古迹很多，值得参观的景点也多，因时间有限，我们只能参观古代罗马斗兽场和其他古罗马有关古迹（主要是参观坎皮多利奥广场一带），以及少女泉、西班牙广场等景点。

古罗马斗兽场

古罗马斗兽场是世界八大名胜之一，也是罗马帝国的象征。这座巨大的露天剧场名叫“弗拉维奥剧场”，因为它是由弗拉维奥家族的几位皇帝建造的。斗兽场的外观似一座庞大的碉堡，占地2万平方米，围墙周长527米，直径188米，墙高57米，相当于一座19层现代楼房的高度，场内可容纳10.7万名观众。像所有罗马的建筑一样，其基本结构是拱券结构，一系列的拱、券和恰当安排的椭圆形建筑构件，使整座建筑极为坚固。这是当年用于斗兽、角斗、竞技、赛马、戏剧和歌舞表演的场地。这座雄伟的建筑始建于72年，从弗拉维奥王朝至提图斯时代才完成，堪称建筑的楷模。这是帝国于公元70年征服了耶路撒冷后，为纪念胜利，驱使数万犹太俘虏修建的。罗马作为世界著名的古城，最吸引游客的就是象征古罗马帝国的斗兽场，虽然现在的古罗马斗兽场只剩下了一些残垣断壁，但它却是古罗马历史的象征。

古罗马斗兽场损坏严重。据说是权贵将此斗兽场的石材拆去建豪宅，才变成这个样子的。如果不是有人出来阻止，可能早已面目全非。

斗兽场复原图

上节介绍庞贝古城，提到庞贝斗兽场比古罗马斗兽场早建50多年，但就内部功能多样性、复杂性说，庞贝斗兽场无法与古罗马斗兽场相提并论，古罗马斗兽场的规模要比庞贝古城大五六倍。

古罗马斗兽场西北边不远的那一带，有许多古罗马时代留下来的古迹，有的古迹上面已盖起其他建筑物，而有许多只留一些残垣断壁。那一带是古罗马市中心，寸土寸金，有的虽是一片片废墟，却是罗马历史沧桑巨变的见证史料，是无价的文物。

断壁残垣的古迹

古罗马人格外崇敬、热爱爱神维纳斯，不但给她建庙，而且建筑得既大又讲究。艺术家们还常以维纳斯为题材进行创作，比如上文展示的那尊维纳斯石雕。他们认为用这样的方式进行创作，才能体现对她的敬爱。古罗马恺撒大帝认为自己是维纳斯的后代，古罗马帝国有不少人也如此看。在意大利人的家庭中，祖母非常受尊重，每年甚至还有一个“最酷奶奶”的评选活动。那，维纳斯当然是“最酷奶奶”吧？

君士坦丁凯旋门就在斗兽场西墙外。

君士坦丁（284—337）是古罗马帝国的皇帝（306—337）。君士坦丁凯旋门建于公元312年，它是为庆祝君士坦丁大帝于公元312年彻底战胜他的强敌马克森提，并统一帝国而建的。

君士坦丁凯旋门

君士坦丁时代，是罗马帝国为代表的奴隶制社会开始向封建制社会过渡的时代。君士坦丁大帝称帝时，罗马帝国处在深刻危机中，君士坦丁进行了改革，如整顿官僚机构，改革币制、税制，改善军队组织，更重要的改革是承认基督教为国教。此后，基督教成为古罗马统治者的统治工具。在君士坦丁任内，古罗马帝国的社会矛盾有所缓和。为了更好地统治东部，他于公元330年迁都拜占庭，并将拜占庭改名为君士坦丁堡。

接着，我们去参观著名的特莱维喷泉。团里的知情者说，本以为大巴会沿着君士坦丁凯旋门旁边的帝国广场大街，北上去特莱维喷泉，路过图拉真广场和图拉真记功柱一带时，会顺便参观。没想到，因为大巴停在君士坦丁凯旋门以西较远处，北上时间有限，无时间参观图拉真广场，真是可惜。知情者就给我们讲起古罗马帝国图拉真大帝的故事。

图拉真（55—117），古罗马皇帝，98—117在位。图拉真时代是古罗马帝国最强盛，也是疆域最大的时代，地跨欧、亚、非，地中海成为其内海。欧洲除东北角外，几乎全是古罗马帝国的领土。

古罗马帝国每占领一个地区，就会开通至罗马的道路。有水路，就开通水路；如是陆路，先通马道，进而拓宽，修成马车能通的车道。帝国占领的地方都需要有大路通罗马，所以才有条条道路通罗马的说法，这也代表了帝国的统治力。跟去别的国家不同，去意大利罗马，重要的是通过观赏古迹、文物，感知古罗马的强盛，那几位名扬世界的大帝，如图拉真大帝，究竟是什么样的人？古罗马帝国衰亡后，意大利为何至19世纪60年代都未实现复兴？

君士坦丁堡（现伊斯坦布尔）

图拉真广场和记功柱

图拉真不是罗马人，出生于今西班牙南部名城塞维利亚西南一小镇的军人之家，该小镇当时是古罗马帝国的殖民地。他体格健壮，长得威武，性情勇敢，仗义淳良。成年后随父出征，有韬略，作战得力，立过功，曾任财务官、大法官等。图拉真和军界要员关系密切，他的职官生涯，从东到西，几乎遍及罗马帝国的各主要驻军行省。当时的皇帝涅尔瓦看重图拉真，收他为养子。涅尔瓦无子嗣，由图拉真继皇位，得到元老院认可，开创了由养子而非罗马人继承帝位的先例。

图拉真记功柱上有如下记录：善良的图拉真，身先士卒，救死扶伤，访贫问苦。人们为图拉真元首帮助一位战死士兵之母的场景所感动……

图拉真大帝雕像

古罗马帝国，战功卓著、治理帝国备受称赞者，元老院会奉以奥古斯都（拉丁语：神圣的、至尊的）称号。图拉真战功卓著，是日耳曼尼亚与达契亚的征服者，是罗马最高祭司。他17次被授予保民官权力，6次被欢呼为英帕拉多（拉丁语：命令者，最高统治者之尊称，皇帝之意），6次就任执政官。图拉真是第二位得到奥古斯都称号的皇帝——涅尔瓦·图拉真·奥古斯都皇帝。

罗马市有许多古水道和喷泉，3000多个喷泉中，特莱维喷泉最出名。

特莱维喷泉

该喷泉在君士坦丁凯旋门以北直线距离近2000米的地方。“特莱维”，拉丁语是三岔路的意思，因为在喷泉前面有三条向外延伸的道路而得名。特莱维喷泉处是公元前19年修建的一条水道的终点，按当时的建筑风格，水道终点一定要建造一个华丽的喷泉。教皇克莱门特十二世组织建造此喷泉的设计竞赛，萨尔维（1697—1751）脱颖而出。1732年，他受教皇委任开始建造此喷泉。萨尔维去世后，由帕尼尼继续他的工作，于1762年全部完工。

特莱维喷泉又称少女泉、许愿泉

喷泉的背景是一座有巨大石柱的两层宫殿波利宫，中间圆拱门下独自站立着的是罗马神话中的海神尼普顿，而希腊神话中海神的名则叫波塞冬，他是众神之王朱庇特的哥哥。他指引着儿子特里同，驾驭着两匹带翼的战马，一匹放荡不羁，一匹温顺随和，象征着大海的两种性情。此喷泉参观的人多，可能和下面两个小故事不无关系。

据说，一支罗马军队来到这一带，找不到水喝，也见不到什么人，正在着急时，见到一少女，少女热情地指引他们到此泉处饮水。这些军人就称此泉为“少女泉”。

还有一种说法，有人要离开罗马，特别是去海外打仗或做生意，希望平安回来，大多在离开前会到此泉来，往泉池里扔枚硬币，许个愿，所以，特莱维喷泉也被称为“许愿泉”。

收费合影

知情人说，这里游人多，小偷也不少，趁你往喷泉池边挤或者许愿时，偷你没商量。还好我们团的人往池边挤的不多，再说周围还有警察在维持秩序。

导游带大家去参观西班牙广场。该广场在许愿泉北边近千米处，自17世纪至18世纪以来，一直是罗马文化和旅游的中心地带，是意大利和外国知识界、艺术界人士会聚的地方。拜伦、歌德、巴尔扎克等不少名人曾在广场附近居住过。这一带也是最繁荣的商业中心，大台阶对面，高级商店林立，对面的孔多蒂街、博尔戈尼奥纳街等，精品店一间接着一间。据说，这些街道像纽约的第5大道，只是这里商店规模不大，而且里面不全是奢侈品，既能买到奢侈品，也能买到物美价廉的商品。整体来说，罗马商店的规模都不大，价格也都较合理。

警察在维持秩序

西班牙广场著名的大台阶

游人到西班牙广场大台阶，多会坐下，欣赏广场和广场中的船形喷泉。爬上台阶，登上塔顶观景台，罗马市尽收眼底。

古罗马帝国衰亡后，过了近千年，意大利人仍没有复兴，而且还曾受西班牙和法国等国的占领，如今罗马地区住着不少西班牙人、法国人。西班牙大使馆就在西班牙广场附近。

统一

在古代，意大利一度非常强盛。古希腊的雅典和意大利的古罗马，可以说是欧洲文化的摇篮。有人说，历史上曾很强大的民族或者国家，特别是其软实力也很发达，影响力也很强，这样的民族或者国家万一衰落了，不久就会复兴。但是，为什么古罗马帝国衰亡后，以罗马人为代表的意大利民族和国家，竟1000多年没有复兴，而且被奥地利、西班牙、法国等占领那么长时间？

到19世纪60年代，意大利仍未统一。维托里奥·埃马努埃莱二世纪念宫是为了庆祝1870年意大利统一而建造的，是对意大利民族复兴运动和军队将士的礼赞。埃马努埃莱二世纪念宫由新古典主义者建造，始建于1885年，约40年完工。内设意大利复兴运动史学会、图书馆和复兴运动中心博物馆。此博物馆内，珍藏有复兴运动的文献、档案。

埃马努埃莱二世纪念宫坐南朝北俯视着广场，是威尼斯广场上最醒目的建筑物。广场有两座巨大的青铜雕像，右边的代表“思想”，左边的代表“行动”。广场的西北角是威尼斯宫，一座文艺复兴时期

埃马努埃莱二世纪念宫和国王铜像

的哥特式建筑。意大利统一前，威尼斯、皮埃蒙特和罗马等地是各自独立的王国，在威尼斯共和国繁荣时期，威尼斯宫曾经是威尼斯大使馆所在地，因此有了这个名称。现在，威尼斯宫是罗马艺术品博物馆，意大利文艺复兴时期的艺术品汇集于此。

公元1870年前，意大利本土仍四分五裂，一些王国、公国各自为政。这类王国、公国可理解为邦国，相当于今天意大利的大区，其国王，相当于大区的领导人。有的王国、公国还直接或间接地受外国势力“保护”或者控制，如北边的伦巴第王国、威尼斯王国，中部的托斯卡纳公国等，受奥地利控制；罗马是教皇国所在地，驻有法国占领军；那不勒斯王国被西班牙统治。这是意大利本土的封建主与外国入侵者勾结，实行封建割据的结果。意大利民众奋起反对封建势力，进行民主革命，也反对外国入侵者，进行民族解放运动。经种种斗争才于1861年3月17日在皮埃蒙特王国的首府都灵，召开全意大利会议，宣布成立意大利王国。这一天，为意大利的独立日。此后经过将近10年的种种斗争，全意大利才真正实现独立统一。

罗马古城

这样一座有历史意义的纪念宫，为什么以皮埃蒙特王国国王的名字命名呢？可能和以下情况有关：皮埃蒙特王国与周边的王国、公国不同，是唯一一个不受外国势力控制的王国，国王维托里奥·埃马努埃莱二世（1820—1878年）支持革命，坚持立宪，以其王国为意大利复兴基地、为革命活动中心，着手建立了一个独立统一的王国。其后，在对奥地利战争中（1859—1861年），他曾取得一些胜利。革命者认为他能领导统一事业，故让他担任意大利王国第一任国王（1861—1878年）。

1870年9月，意大利王国的军队开进罗马，逼教皇退入梵蒂冈，将教皇辖区、罗马市等地区并入意大利，全国实现统一，完成独立，建立了统一的意大利王国。1871年，意大利首都从佛罗伦萨迁到罗马。

意大利广大民众、爱国者奋起斗争（代表人物有马志尼、意大利统一之父加里波第等），如组织红衫军，用军队、武力推翻封建统治者，打击侵略者，赶他们离开意大利，同时，外交方面，与侵略者的敌对国家结盟。与奥地利、法国对立的普鲁士王国友好，支持普鲁士攻打奥地利，被打败的奥地利不得不放弃对意大利有关地区的控制；支持普鲁士与法国开战，法国只好将驻在罗马的军队调走，意大利王国的军队及时开进罗马，教皇得不到法军的保护，只得退入梵蒂冈。后来，意大利政府同教皇签约，承认梵蒂冈为主权国家，其主权属教皇。梵蒂冈为中立国，不做不利于意大利的事，也肯定梵蒂冈的国土不可侵犯，国界以梵蒂冈古城墙为标志。

加里波第被誉为意大利统一之父。为何有这样高的荣誉？

红衫军统帅、意大利统一之父加里波第

加里波第1807年7月4日诞生在撒丁王国的古城尼斯。国家的分裂和外族的入侵统治，给人民带来深重灾难。年轻的加里波第为国家的前途和同胞的命运担心，认为只有奋起革命才能拯救意大利。1833年，他加入了秘密革命组织“意大利青年党”，翌年，参加了意大利的海军起义。起义失败后，加里波第被迫流亡巴西避难。在那儿，他参加了巴西南部共和主义者的起义，奉命组建并担任共和国海军司令。他曾率军屡挫巴西帝国政府军，显示出过人的胆略和军事才能。

1841年，乌拉圭与阿根廷即将发生战争。乌拉圭住有不少意大利人，加里波第遂前往乌拉圭。1843年2月，阿根廷军队包围了乌拉圭首都蒙得维蒂亚，城中仅有4.2万左右的居民，其中绝大多数是欧洲移民，意大利人约有4200人。由于谣传阿根廷军队会杀光城内居民，所以各国侨民都武装自卫。加里波第组织了意大利军团。军团没有统一制服，不得不从一家肉类加工厂搞来屠夫工作服充数。加里波第起初是讨厌这种红制服的，但很快就喜欢上了它。“绯红色的上衣，配上一条色彩鲜艳的小领巾，显得十分潇洒”。当地居民亲切地称呼意大利军团为“红衫军”，这也就是后来威震欧洲的正义之师——意大利红衫军团的雏形。加里波第率领麾下的意大利军团，驰骋疆场七年，取得了一系列辉煌的战果，受到乌拉圭政府和人民的高度赞扬。身经百战的加里波第也在这一时期积累下丰富宝贵的军事经验。

1854年5月7日，时刻关注着祖国前途和命运的加里波第回热那亚，接受维托里奥·埃马努埃莱二世国王的命令，组建起一支精锐部队——“阿尔卑斯山猎人兵团”，也称“红衫军”，深入敌后，连战连捷。上文提到埃马努埃莱二世在对奥地利战争中取得胜利，这与加里波第的作战分不开。

1860年4月，意大利最顽固的封建堡垒——两西西里王国人民起义，加里波第组织志愿军去支援。8月，加里波第挥师北上，在各路游击队的配合下势如破竹，在不到12天的时间里就占领了两西西里王国的大片领土，西西里王国军队大多不战而降。胜利的消息很快传到了那不勒斯地区，那不勒斯的人民也纷纷起义，盼望着加里波第远征军的到来。9月7日，那不勒斯得到解放。10月1日，临时政府宣告成立，加里波第被人民拥立为两西西里国家的元首。以大局为重的加里波第并没有选择坐地为王，而是毅然将两西西里交给了有能力实现意大利民族统一大业的埃马努埃莱二世。11月7日，埃马努埃莱二世在加里波第的陪同下进入那不勒斯，不久正式加冕为意大利王国国王，意大利基本实现独立统一。

史载，1882年6月5日，加里波第在卡普雷拉岛的家中与世长辞，享年75岁。意大利举国陷入悲恸，整个世界也为之动容，人们以各种方式缅怀这位伟大的英雄。意大利许多城市都有他的雕像。

意大利历史悠久，山河壮美，城镇富饶，我深信意大利的人民会使祖国实现更大的复兴。

加里波第行军画

红衫军

梵蒂冈篇

圣天使古堡

5月16日早晨离开侄女家后，我们上午前往梵蒂冈参观。

意大利境内有两个主权独立的小国：圣马力诺共和国和梵蒂冈城国。前者，位于意大利中部偏北的东侧，面积约61平方千米，人口3万左右。梵蒂冈城国，简称梵蒂冈，于1929年2月11日正式宣告成立。梵蒂冈既是一个城市，又是一个国家，所以称梵蒂冈城国。梵蒂冈，在拉丁语中意为“先知之地”，位于意大利首都罗马市西北角，与罗马市一墙之隔，面积为0.44平方千米，常住人口主要是意大利人。梵蒂冈是世界上最小的国家，官方语言为意大利语和拉丁语。

梵蒂冈城国的领土和主要建筑，包括圣彼得大教堂、圣彼得广场、梵蒂冈宫、梵蒂冈博物馆、图书馆、美术馆等。河边的圣天使古堡也是其领地。梵蒂冈宫一般不对观光客开放，彼得大教堂等可以参观。

在古堡前合影

圣彼得大教堂处，是公元64年彼得殉难的地方。早在公元4世纪，教皇康斯坦丁就在此处建立了康斯坦丁大教堂以资纪念。15至16世纪，改建成如今的圣彼得大教堂，成为天主教会举行最隆重仪式的场所，是现在世界上最宏大、最壮丽的天主教教堂。圣彼得大教堂建于圣彼得墓穴的正上方，其造型传统，有神圣感，整栋建筑呈现一个十字架的结构，全部用大理石建成，总面积2.3万平方米，主体建筑高45.4米，长约211米，最多可容纳近6万人同时祈祷。大教堂由当时意大利最优秀的建筑师布拉曼特、米开朗琪罗、德拉·波尔塔和卡洛·马泰尔相继主持设计和施工。1506年破土动工，经长达120年，直到1626年11月，才正式宣告落成。

教堂正中央右侧有圣彼得的青铜像。据说，触摸一下彼得青铜像的右脚，会带来好运，所以该右脚被吻和手的触摸弄得金光闪闪的。我们登上圆顶，尽管有电梯，但要到屋顶庭院还是要登330级台阶。据说，如果是在夕阳西下时分，从屋顶眺望夕阳下的圣彼得广场，美不胜收。

圣彼得广场和教堂

NI CAELOR
A FIDES

教堂内部

圣彼得广场建于1667年。主持设计、施工的是那不勒斯人，一位才华横溢的建筑天才——贝尔尼尼，他被誉为巴洛克艺术之父，是杰出的雕塑家、艺术家。广场上排成四行的284根托斯卡拉式柱子，其上方的雕像，是他的作品。著名的《遭劫持的女神》《大卫》等，也是他的作品。广场中央有一块整石加工成的41米高的方尖塔，这是从埃及搬来的。

《遭劫持的女神》

《大卫》

彼得大教堂是非常精美的教堂。教堂内部金碧辉煌，可能因光线幽暗，充满了神秘感。

教堂里面的壁画是用不同颜色的大理石拼接成图的，工程浩大。

教堂内的壁画和各种雕像堪称教堂壁画和雕像的典范。米开朗琪罗的伟大作品《母爱》是圣彼得教堂里最著名的石雕，他完成这个伟大的作品时，不到25岁。

圣彼得大教堂不愧为一座伟大的艺术殿堂，是人类历史上不朽的建筑艺术瑰宝，其中有很多文艺复兴时代的绘画名师、艺术家拉斐尔、雕塑家米开朗琪罗等创作的作品，许多艺术家为这些作品贡献了毕生的心血。

《母爱》石雕

梵蒂冈虽是很小的国家，但其博物馆、图书馆、美术馆具有世界一流的水平。博物馆中珍藏着许多珍贵的物品，有的是很有历史价值的文物；图书馆，藏书丰富，馆内装饰得也十分豪华；美术馆，收藏有不少绘画大师、雕塑大师的作品，如辟有拉斐尔作品展室等。

梵蒂冈图书馆西斯廷厅

梵蒂冈虽是很小的小国，又无工农业，但有较稳定的收入。财政收入主要靠旅游、邮票、不动产出租、向教皇赠送的贡款以及教徒的捐款等。罗马教廷的积蓄有数百亿美元，其还投资北美、欧洲许多国家，资本渗透到意大利众多的经济部门，特别是银行信贷和不动产系统，仅梵蒂冈宗教银行，如经营得好，每年都会有可观的利润。其黄金和外汇储备达100多亿美元。

治保人员

梵蒂冈没有国防军，但有近百人的治保人员，全部是从瑞士雇来的，他们身穿别致的制服，每人配有一支长枪和一把短枪。

治保人员接受游客咨询

梵蒂冈虽小，但麻雀虽小，五脏俱全，宫院、教堂、图书馆、邮局、电台、火车站、飞机场等设施一应俱全。

近12点了，我们旅游团告别梵蒂冈，前往罗马参观。至于罗马的故事，上面一章已经给大家详细讲过。在游览完罗马之后，我们即前往机场返程，准备告别意大利，告别欧洲。欧洲真的很值得去，有机会一定要出来走一遭，看看外面的世界，读万卷书，还得行万里路。